長編小説

淫事部ゆうわく課

橘 真児

竹書房文庫

目次

※この作品は竹書房文庫のために
書き下ろされたものです。

第一章　年上美女の誘惑

1

夜の街は淫水の匂いがする――。

などと、いっぱしの詩人にでもなったつもりで、町田拓人《まちだたくと》は語呂がいいだけの文句を頭に浮かべた。

彼の前には、ネオンきらめく夜の繁華街がある。こんな場所に来るのは、学生時代のコンパ以来だ。社会人になってからはすっかり遠のいていた。

まあ、まだ一年も経っていないのであるが。

ともあれ、誰かと一緒ならまだしも、ひとりでこんな場所を訪れたものだから、どうにも足を進めづらい。会社帰りでスーツ姿。おかしな格好をしているわけではないのに。何だか、自分が周囲からひどく浮いている気がした。

おそらく、コンプレックスで自我が萎縮していたせいだ。

そのため、行き交うひとびとを下に見るべく、格好つけようとしたのである。おれはお前らなんかと違うぞと思い込み、淫水なんて背伸びした惹句《じゃっく》で夜の街を批評した。そうでもしないと心が挫けそうだったのだ。

しかしながら、そんな安っぽいプライドは簡単に折れてしまうもの。とりあえず手近の店に入ろうとしたが、中は満席に近い。テーブル席は楽しげに歓談するグループばかりで、すっかり怖《お》じ気づいてしまった。

仕方なく、他の店を探す。とにかく飲みたかった。

二十二歳とまだ若い拓人は、特に酒が好きというわけではない。酔って嫌なことを忘れ、憂さ晴らしをしたかっただけだ。

ついでに、次に進む決意を固めたかった。正確には、今のところから抜け出すと言うべきか。

(あー、会社辞めたい)

本音を胸の内で叫び、カウンターだけの狭い店に飛び込む。色褪せたメニューをざっと眺め、瓶ビールとおまかせの串焼きを注文した。

「ふう」

ようやくひと心地がつき、悩みで濁った息を吐く。すぐに出された瓶ビールでコップを満たすと、喉を鳴らして飲み干した。

「げふ」

くぐもったゲップが出る。途端に、自分が情けなくて泣きたくなった。

(何をやってるんだ、おれは)

まったくもって情緒不安定だと、自分でもわかる。仕事での失敗が尾を引いているようだ。

もっとも、仕事で成功したことなど一度もない。画《え》に描いたようなダメ社員だと、拓人は自らを罵《ののし》った。

さらに、こんなはずじゃなかったと、予定から大幅に狂った現状を嘆く。本当なら仕事をうまくこなし、同期の中でもトップを独走していたのに。それは拓人本人のみならず、周囲も期待していた。

だからこそ、落ち込まずにいられない。

「何が淫水だよ、バカ」

さっき浮かんだ文言を思い返し、恥ずかしいやつだとあきれ返る。淫水の匂いなんて、わかるわけがないくせに。

拓人は童貞だった。学生時代に付き合った彼女とは、ヘタレの性格ゆえ最後まで進めず、未だ女を知らなかった。

なのに淫水だなんて片腹痛い。そもそも言葉の意味だってちゃんと理解していないのだ。チェリーの分際で、背伸びも大概にしろと言いたい。

そうやって飲み屋のカウンターで、己《おのれ》をちくちくと苛《いじ》め続ける。自虐を酒の肴《さかな》にして、またビールを喉に流し込んだ。

(ああ、どうしてこんなことになったんだろう)

結局のところ、その嘆きにつきる。

拓人は新興家電メーカー「芝電《しばでん》」の社員である。所属は営業部営業二課。

芝電は品質が良くてお買い得の商品を続々と開発し、業績を伸ばしていた。都内の一等地に自社ビルを建て、部品こそ海外に多くを委託しても、最終的な組み立ては国内で行なう。そのための工場も数箇所にあった。

よって、人材は常に求めている。学卒の新規採用者も多く、同業他社からの引き抜きや中途採用の他、退職者の再雇用にも積極的だった。

そうやって優秀な人間を集め、切磋琢磨させる。「ひとが会社をつくる」が、現社長のモットーだ。

もっとも、そのせいで人間関係の悩みを抱える者も少なくない。拓人もそのひとりであった。

恋人と結ばれることは叶《かな》わなかったが、こちらから告白して付き合ったのである。女性を苦手としているわけではない。社交的で、初対面の相手とも臆《おく》せず話のできる性格だ。

芝電の面接試験でも、そのことを熱烈にアピールした。入社後の研修でも実力を遺憾なく発揮し、希望どおり営業部に配属された。

『君には会社も期待しているんだよ』

配属後に、上司から声をかけられた。おだてられたわけではなく、本当にそうなのだとわかる表情と口振りで。

そのせいで、未だ成果の出せない拓人に、上司は失望の色を浮かべる。期待が裏切られたからだろう。

力が発揮できず、ミスが続いているのは、組まされたパートナーのせいだ。他人に責任を転嫁するなんて最低だとわかりつつ、事実なのだから仕方ない。

営業は単独で動くのではなく、ペアで行動する。顧客の獲得から受注、アフターケアについても、ふたりで関わるのだ。

拓人のパートナーは中途採用の女性だった。

失礼に当たるだろうと年齢は訊《き》いていないが、おそらく三十代の半ば。左の薬指に銀色のリングがはまっているから、人妻なのだ。

最初の顔合わせでは、うまくやっていけそうな気がしたのである。彼女は前の会社でも営業畑でバリバリやってきたというし、実力を買われて採用されたと聞かされた。

そんなひとと組まされたということは、最強ペアをこしらえ、ガンガン攻めていくという会社の意思表示なのだろう。これは是非とも期待に応えねばならない。

拓人はやってやるぞと発憤した。会社のために、何よりも自分自身のために。

実績を上げて認められれば、若くして昇進するのも夢ではない。年功序列ではなく実力主義の社風だった。

パートナーとなった年上女性——中広聖子《なかひろせいこ》にも、何の不安もなかった。営業のノウハウを教えてもらおうと考えていたし、それこそ人妻なら、優しく教え導いてくれるのではないか。そんな期待もあった。

きっとうまくいくという予想が覆されたのは、営業の外回りを始めて間もなくであった。

拓人は自社製品について、寸暇を惜しんで勉強した。売り込むためには知識が必要だし、相手の信頼も得られない。これについては、聖子も同じだと思っていた。

ところが、訪れた先で商品の説明をする段になると、彼女はすべて拓人にやらせたのである。あれはどうなの、これは何なのと口を挟み、アシスタントか何かのように扱われた。

最初は、試されているのかと思った。必要な情報を、きちんと頭に入れているのかどうかと。

いいように利用されているだけだとわかったのは、一ヶ月も経ってからである。

営業の成績そのものはよかった。しかし、あくまでもペアとしてである。重要な交渉は常に聖子が前に出て、先方と話をつけた。その段になると、拓人はほとんど蚊帳《かや》の外だった。

そのため、すべて彼女の手柄として会社に伝わっていたのだ。

拓人について上司から訊かれた聖子は、

『最低限のことはやってるってぐらいですね。いちおう使えますよ』

そう答えたという。上司本人が言ったのだから間違いあるまい。

『仕事でも人生でも、中広さんが先輩なのは間違いない。だからって頼り切っていたら、いつまで経っても一人前になれないぞ』

拓人は上司に注意されてしまった。

自分だって彼女と同じぐらいに仕事ができる。だけど、下僕のように扱われているために、実力が発揮できないのだ。

そう弁明したかったものの、聖子を非難しているように取られる気がして――実際、非難に値することをしていたと思うのだが――黙っていた。もちろん、現状に甘んじるつもりはない。

拓人は独自に営業をすることにした。当然ながら、聖子には黙って。

上司の許可も取らなかった。実力を証明するのと同時に、聖子とペアを組んでいるために押さえつけられているのを証明しようとしたのである。

約束を取り付け、昼休憩の時間を使って会う。こちらの営業トークに先方は興味を示し、見積もりを出してほしいと言われた。

とんとん拍子に上手くいったため、拓人は有頂天であった。これがおれの実力だと、残業して見積もりをこしらえた。かなりの大口で、契約が取れれば営業成績が一気にはね上がるのは確実だ。

かくして見積もりを発送し、返事を心待ちにしていたところ、課長から呼ばれた。

『これは君が先方に送ったものかね』

彼のデスクには、自分が作成した見積書があった。

はいそうですと、拓人は意気揚々と答えた。きっと褒められるのだと、信じて疑わなかったのだ。

ところが、何をやっているんだと一喝される。見積書の価格設定があまりに非常識な上に、商品名から何から、間違いだらけだというのだ。先方が驚いて問い合わせてきたという。

そんな馬鹿なと、拓人は焦って見積書を確認した。すると、確かに滅茶苦茶だったものだから驚く。

それは拓人が作成したものとは異なっていた。明らかに改竄《かいざん》された形跡があったのだ。

そんなことができる人間はひとりしかいない。隣のデスクの聖子である。

各自に割り当てられているパソコンは、立ち上げるときにパスワードが必要だ。けれど、前半のアルファベット部分は営業部員共通のもので、後半の五桁の数字のみ異なっている。そのぐらいなら盗み見は可能だろう。

拓人は絶対にバレないよう、秘密裏に商談と見積もりを進めていた。だが、こちらの動きを、彼女は察していたらしい。

もうひとつ、聖子の仕業だと言い切れる証拠がある。商品名のひとつが、彼女がよく間違える言い回しになっていたのだ。どうやら別の名前とごっちゃになっているようで、商談の席で拓人が訂正したことが何度もあった。

もちろん拓人は正しく入力した。それがわざわざ書き換えられたということは、

――自分がやったってアピールしてるんだ！

拓人は察した。そこには聖子の、抜け駆けしようとしても無駄だというメッセージが込められているのだと。事実、先方に送付する前に、彼女は本物とすり替えることに成功したのである。

だからと言って、本当のことが言えるはずない。そもそも証拠がないのだ。

独断で進めたことを白状すると、課長からくどくどとお説教される。何のためにペアを組ませていると思っているのだ、こういうミスをなくすためじゃないかと、厳しく言われた。

そのペアのせいで実力が発揮できないのだと、拓人は言いたくて仕方なかった。けれど、ミス――もちろん拓人がしたことではない――を指摘されたあとでは、何の説得力もなかったろう。

ようやく解放されてデスクに戻ると、聖子が涼しい顔で『どうかしたの？』と訊ねた。唇の端に薄笑いが浮かんでいたから、事情を知っているのだ。

悔しくてたまらなかったが、弱みを見せたくない。いえ、何でもないですと、拓人は仏頂面《ぶっちょうづら》で答えた。

そんな態度が、彼女の性格をますますねじ曲げたのだろうか。

拓人は完全に下僕と成り果てた。聖子からいいように利用され、こき使われるのみの日々が続いた。

それでもたまに、見積書の作成を命じられるときがあった。見返してやれとばかりに満足のいくものを完成させたはずが、こんな使えない物に時間をかけてどうするのかと、みんなが見ている前で叱責された。

なのに、彼女が作り直したものは、拓人のものとほとんど変わりがなかった。細かな数値とリストの順番を変えた程度だ。

要は拓人が無能だと、周囲にアピールしたのである。

それに類することが何度もあり、営業部内での信用はただ下がり。上司からも失望の眼差《まなざ》しを向けられ、拓人は肩身が狭くてたまらなかった。挽回するすべも見つからず、とにかく聖子の機嫌を損ねないよう、従順な犬として過ごすのみ。

これで心を病《や》まないほうがどうかしている。

近頃では、異性全般に対する警戒心も増している。女性パートナーに対する怯えが、他にも波及したのか。この女も自分を陥《おとしい》れるのではないかと、穿《うが》った見方をするようになった。

それこそ、痴漢の罪を被せられたせいで、電車では絶対に女性の近くに寄らなくなった哀れな男のごとく。社交的な性格は、もはや過去のものと成り果てた。

このままでは一生童貞だ。考えたら涙が出てきた。

もうどうなってもいい。潰れるまで徹底的に飲んでやると、二本目の瓶ビールを注文した直後、

「お隣、いいかしら？」

声をかけられ、振り返ることなく「どうぞ」と答える。女性だとわかったが、飲み屋で遭遇した相手に身構える必要はなかった。そこまで女性恐怖症になったわけではない。

ふわ――。

うっとりするぐらいいい匂いが鼻腔をくすぐる。拓人は反射的に隣を見た。右側に腰掛けた女性を。

「どうも」

彼女もこちらに顔を向けていたため、まともに目が合う。軽く挨拶までされて、心臓の鼓動が一気にはね上がった。

（なんて綺麗なひとなんだ！）

長い睫毛《まつげ》と、くりくりした大きな目。小さな鼻の真下の、ふっくらした唇はいかにも柔らかそう。ピンクのルージュが艶《あで》やかだ。

服装からして、会社帰りのＯＬふうである。

顔立ちが整っている女性は、一方で冷たさや近寄りがたさを感じさせるもの。けれど、彼女は全体にふんわりした印象で、初対面なのに好感が爆上がりであった。

そのため、ついまじまじと見つめてしまったものだから、

「どうかした？」

彼女がクスッと笑う。目が細まり、あどけない面差しになった。

最初からタメ口で話しかけてきたのは、こちらが年下だからだ。大人びた雰囲気をまとった彼女は、おそらく三十代であろう。なのに、笑うと幼い感じもあって、そのギャップもチャーミングである。

「あ、いえ、何も」

焦って顔を正面に戻したものの、黒目はどうしても横に移動してしまう。会ったばかりの女性に恋をしてしまったのか。

「へい、お待ち」

追加注文した瓶ビールが前に置かれる。すると、

「ねえ、お願いしてもいい？」

女性が小首をかしげて言う。

「あ、はい」

「わたしもビールをいただきたいんだけど、ここって大瓶でしょ。ひとりだと飲みきれないから、いっしょにいいかしら？」

「え、ええ、もちろん」

「ありがと。大将、グラスをひとつお願い」

「あいよ」

気安く声をかけたところを見ると常連なのか。以前にも他のお客に同じ頼み事をしたことがありそうだ。

ただ、こんな美人がたったひとりで、決してお洒落とは言い難い店に入るというのも珍しい。

「はい」

受け取ったコップを差し出され、拓人は震える手でビールを注いだ。自分のものにも注ぎ足すと、

「じゃ、乾杯」

朗《ほが》らかに言われて、怖ず怖ずとコップを合わせた。

彼女は飲みっぷりがよかった。喉を見せて、コップを一気に空にしたのだ。これなら大瓶ぐらい楽に空けられるのではないか。

「ふう」

ひと息ついて、頬を緩める。ますます愛らしく見えて、動悸がなかなかおとなしくならなかった。

拓人が再びコップを満たすと、彼女は「ありがとう」と礼を述べ、

「わたし、赤坂《あかさか》さつきっていうの」

そう自己紹介をした。

「あ、おれは町田拓人です」

名乗り返し、問われるまま二十二歳だと答えると、

「あら、わたしがひと回り以上もお姉さんなのね」

悪戯《いたずら》っぽく口角を持ちあげる。つまり三十代半ばということか。

(同じ女性でも、こうも違うものなのか)

拓人の脳裏には、仕事のパートナーである聖子が浮かんでいた。

彼女も外見そのものは決して悪くない。取引先のヒヒ親父から、色目を使われるのを見たこともある。

しかし、如何《いかん》せん性格が悪すぎる。拓人の目には、今や魔女のごとく映っていた。

そのとき、拓人がさっきの左手を見たのは、聖子が人妻なのを思い出したからだ。

そして、薬指に同じような銀色のリングを発見し、心底がっかりする。

(なんだ……結婚してるのか)

こんなに綺麗で優しそうな女性が、三十路《みそじ》を過ぎて独身でいるほうがおかしいのである。そうとわかりつつも落胆を拭《ぬぐ》い去れないのは、本気で好きになりかけていたからだ。

「ところで、何か悩みでもあるの?」

唐突な質問に、拓人は面喰らった。

「え、どうしてですか?」

「そんな背中をしてたもの。だから気になって、隣に坐らせてもらったのよ」

後ろ姿だけで、悩んでいるのがわかるというのか。

疑問に思ったものの、相手は年上である。人生経験が豊かなぶん、ひとを見る目はあるのだろう。初対面で親身に接してくれるあたり世話好きで、普段から後輩などの悩みを聞いているのかもしれない。

だったらと、拓人は打ち明けることにした。ひとりで抱え込むのにも疲れたし、優しい人妻に甘えたい心境にもなっていた。

「そうですね……まあ、仕事のことになりますけど」

話し出すと止まらなくなり、気がつけば溜まりきった不満をぶちまけていた。さすがに個人名こそ出さなかったが、同じ会社の人間でなければ支障はあるまい。

そうやって躊躇《ちゅうちょ》なくさらけ出せたのは、さつきが口を挟むことなくうなずき、親身な態度を崩さなかったからだ。おかげで、安心して話し続けられたのである。

「……そう。大変だったね」

さつきの右手がこちらにすっとのびる。頬を包むように撫でられ、甘い香りとなめらかさに陶然《とうぜん》となった。

同時に、瞼《まぶた》の裏が熱くなる。

（なんていいひとなんだろう）

他人にとっては単なる愚痴でしかないことに、真剣に耳を傾けてくれたばかりか、すべて受け容れてくれたのだ。ここまで優しくされたのは、大人になってから初めてではあるまいか。

泣きそうになったのを察したか、さつきがそっと手をはずし、ハンカチを貸してくれる。それもフローラルのいい香りがして、使うのが申し訳ないと思いつつ、善意を有り難く受けることにした。

「ありがとうございます」

滲んだ涙を拭ってハンカチを返すと、彼女が「どういたしまして」と優しい微笑を浮かべる。冗談めかしてくれたことで、拓人も気持ちが楽になった。

「ま、嫌なことは忘れて飲みましょ」

ビールを注がれ、「どうも」と受ける。長く話しすぎて少しぬるくなっていたが、話してすっきりしたおかげか、爽やかな味わいだった。

「いつもおひとりで飲んでるんですか？」

お返しにコップを満たしながら訊ねると、さつきは「んー」と首をかしげた。

「いつもってことはないけど、ひとりでこういうお店に入るのはたまにあるわよ。友達を誘ったけど都合が悪いときとか」

「旦那さんとは飲まないんですか？」

訊ねるなり、彼女がちょっとびっくりした顔を見せる。何かまずいことを訊いたのかと、拓人は焦った。

「あ、えと、ご結婚されてるんですよね？」

指輪を見て人妻だと決めつけたことを思い出し、いちおう確認する。

「ええ。だけど、ウチの旦那はお酒が好きじゃないの。家でならたまに飲むことはあるけど、缶ビール一本がせいぜいね。インドア派で、外では飲みたがらないわ」

「そうなんですか」

「でも、わたしはお酒が好きだから、こうして外で飲んでるってわけ。こういう雰囲気も好きだから。ほら、仕事をしていたら息抜きも必要じゃない。だから、少々遅くなっても大目に見てもらえるの」

もちろんそのときは、前もって夫に連絡するとさっきは言った。

コップが空になったのでビールを注ごうとすると、彼女は「もういいわ」と断った。代わりに酎ハイを注文する。

「最初はビールがいいんだけど、そんなにたくさんは飲めないの」

だから拓人のビールをお裾《すそ》分けしてもらったという。

それからふたりは、店の名物の串焼きや煮込みを食べ、杯を交わし、あれこれ話ながら一時間以上も過ごした。

2

店を出たのは午後七時半過ぎ、まだ宵の口である。

話がはずんだこともあり、飲んだ酒の量は多くなかった。ほろ酔い程度である。

もっと飲みたかったのは確かながら、拓人はそれ以上にさつきと一緒にいたかった。

彼女と話して癒《い》やされ、気持ちが軽くなったこともあり、別れ難かったのだ。

しかし、相手は人妻である。夫が家で待っている以上、引き止めるわけにはいかない。恩人でもあるのに迷惑はかけられなかった。

「さて、それじゃ」

店の外でさつきが言う。これでさよならかと、拓人は大いに落胆した。

ところが、思いもしなかった言葉が耳に飛び込んできた。

「まだ時間あるの？」

「あ、はい」

「もうちょっと、わたしに付き合ってくれる？」

こんなにも嬉しいお願いをされたのは、人生で初めてのことだ。

「は、はい。もちろん」

前のめり気味に答えると、彼女がクスッと笑う。さすがに露骨すぎたかと、拓人は恥ずかしくなった。

「それじゃ、行きましょ」

綺麗な人妻に腕を絡められ、一気に舞いあがる。まるで恋人を相手にするみたいな、親密な振る舞いだったからだ。

（夢じゃないだろうか……）

天にも昇る心地で、拓人はふわふわと足を進めた。


別の店で飲むのだろうと、拓人は信じて疑わなかった。そのため、さつきが飲み屋街から離れる方向に足を進めたものだから（おや？）と思う。

（隠れ家みたいな店でもあるのかな？）

飲み歩くのが好きなようだから、どこにどんな店があるのか、よく知っているのではないか。

できれば他に邪魔されず、ふたりだけで静かに飲めるところがいい。拓人は密かに望んでいた。隠れ家の個室なら大歓迎だ。

「さ、ここよ」

到着したのは、飲み屋にしてはやけに大きな建物だった。低木に隠れがちな塀の陰から入ったので、やはり隠れ家的な店かと思った。

ところが、自動ドアの向こうにあったのは飲み屋ではなく、ホテルのロビーのような空間だった。それも、やけに簡素な。

(え、ここは——)

壁にバックライト付きのパネルがあり、部屋の写真が飾られている。ライトが消えているところは、使用中というわけか。

普通のホテルならこんなものはない。訪れたのは初めてでも、どういう場所なのか拓人は瞬時に察した。

(ラブホテルじゃないか!)

パネルに写る大きなベッドからも、それは明らかだ。

あまりのことに固まった年下の男にはおかまいなく、さつきはさっさと部屋を選び、キーを手に入れた。

「じゃ、行きましょ」

再び拓人の腕を取り、エレベータに向かう。

いったい何が起こっているのか。どうしてこういうことになったのか。訳のわからぬまま従うのみ。ようやく我に返ったときには部屋の中だった。

男女の行為のためにしつらえられた大きなベッド。ヘッドボードには様々なスイッチ類が見える。

そんなものを目にして落ち着かなくなったものの、

（あ、待てよ）

拓人は不意に思い出した。

近頃ではラブホテルで女子会をするグループも多いという。もしかしたら、ベッドで休みながら飲もうと、この場所を選んだのではないか。

その推測は、さつきが服を脱ぎだしたことで否定される。彼女はためらうことなくブラウスを肩からはずし、スカートも床に落としたのだ。

着衣ではわからなかった、女らしい柔らかなボディラインがあらわになる。肉づきのいい二の腕と、なだらかに盛りあがった下腹やむっちりした太腿《ふともも》から、熟女の色気が匂い立つようだ。

下半身はベージュのパンストで包まれている。さつきはベッドに腰掛けると、それを慣れた手つきで剝《む》き下ろした。

（マジで全部脱ぐのか……？）

日常的な脱衣場面も、童貞にはかなり刺激的である。ナイロンの薄物が美脚をすると下るだけで、心臓の鼓動が激しくなった。

今さらのように、海綿体が充血を開始する。

ブラジャーがはずされ、豊かな乳房がこぼれるように露出した。重みのあるそれはわずかに垂れたものの、綺麗な丸みを保っていた。

実物のおっぱいなど、幼い頃に目にした母親のもの以来である。あれはこんなにもセクシーで煽情《せんじょう》的ではなかった。

さつきは腰を浮かせると、最後の一枚も脱いでしまった。これで一糸まとわぬ姿である。

茫然と立ち尽くす拓人に、人妻は立ちあがって艶《つや》っぽい微笑を向けた。

「先に行くわね」

そう告げて、隣の間へと消える。たわわなヒップを、見せつけるようにぷりぷりと振って。

そちらがバスルームなのは、間もなく水音が聞こえたことからも明らかだ。ベッドインのために、からだを洗っているのである。

ひとりになってからも、拓人はしばらくぼんやりしていた。ひょっとして夢でも見ているのかと思ったが、ベッドに残された人妻の衣類が、これが現実であると教えてくれる。

自分も裸になって、さつきのところへ行かねばならない。身を清め、ベッドで抱き合うのを求められているのだから。

（ていうか、どうしてこんなことになったんだ？）

彼女と親しくなりたいと願ったのは事実。だが、べつにセックスをしたかったわけではない。夫のいる女性に手を出す趣味などなかった。

ただ、さつきには不倫に対するためらいも、罪悪感もなさそうだ。あんなに優しくて、いいひとに見えたのに。

ということは、矢も盾もたまらず男が欲しくなったのか。もしかしたらアルコールの影響で。

（女性でも、いきなりしたくなったりするんだろうか……）

童貞の拓人には、女心などわからない。セックスを経験すれば、あるいは理解できるようになるかもしれないが。

そして、これが初体験のチャンスなのだとようやく気がつく。目前に迫ったリアルな行為に、無性に落ち着かなくなった。

(あんな素敵なひとが、初めての相手になってくれるなんて――)

据え膳を食わぬ理由はない。むしろこれを逃したら、一生チェリーのままという可能性もある。

男なら覚悟を決めろと自らを鼓舞し、拓人もスーツを脱いだ。焦り気味に全裸になると、急ぎ足でバスルームに飛び込む。

広い洗い場は、外国映画で見るような小さなバスタブが端っこにあるのみ。湯気が立ちこめた奥にシャワーがあり、その下に眩《まぶ》しいほど白い裸体があった。

「あら、いらっしゃい」

頭にビニールのキャップを被ったさつきが手招きする。こちらを向いた彼女の股間に黒々とした繁みも目撃し、脳が沸騰するかと思った。

(あそこにチンポを挿《い》れるんだ)

先走ったことを考えて、粘っこい先走りをジワリと溢れさせる。いつの間にかペニスは完全勃起し、下腹に張りつかんばかりに反り返っていた。

そこにチラッと視線を向けた人妻が、白い歯をこぼす。

「ふふ、元気ね」

頭に血が昇っていた拓人は、恥ずかしいと感じる余裕もなかった。成熟した裸身に接近すると、魅惑の聖女が迎えてくれる。

「はい、これ」

差し出されたのは、小さな容器に入った青い液体。マウスウォッシュのようである。それを口に含んでゆすぐあいだに、シャワーヘッドを手にしたさつきが肩からお湯をかけ、からだを流してくれる。

(ああ、気持ちいい)

柔らかな手で肌を撫でられるのは、なんと心地よいのか。官能的な悦《よろこ》びにうっとりとひたり、拓人は身をブルッと震わせた。

シャワーヘッドが壁に戻され、さつきがボディソープを手に取るあいだに、拓人はマウスウォッシュを排水口に吐き出した。これ以上の快感を与えられたら、堪えきれずに呑み込んでしまいそうだったのだ。

「じゃ、大事なところをキレイキレイしましょうね」

幼児に語りかけるような口調でも、馬鹿にされているとは感じない。むしろ安心して甘えられる心持ちになった。

もっとも、いきなり牡《おす》のシンボルを握られたものだから、さすがに冷静でいられなくなる。

「あああっ」

浴室に反響するほどの声が出てしまう。何しろ、初めて女性にペニスをさわられたのだから。

(これ、よすぎる)

くすぐったさを何十倍にもしたような、腰の裏が甘く痺れる快《こころよ》さ。膝がカクカクと笑い、立っているのも困難になる。

童貞ゆえに、牡の欲望は右手で発散するしかない。中学生のときから習慣になっているオナニーでも、ここまでの快感を得たことはなかった。それこそ、射精するよりも気持ちいいとすら思えた。

「やっぱり若いのね。鉄みたいに硬いわ」

年下の男が目のくらむ愉悦《ゆえつ》にまみれているなんて知りもしないのか、さっきはそそり立つ肉根に両手を添えると、ソープでヌメる指で愛撫した。

「ああ、ああ、あっ」

拓人は声をあげどおしだった。大袈裟《おおげさ》でなくて、感じすぎて頭がおかしくなりそうだ。いつ爆発しても不思議ではないほど、性感が急角度で高まっていた。

そんな状態にあるのに、柔らかな指が的確にポイントを捉える。敏感なくびれをヌルヌルとこすり、真下の玉袋も優しく揉んでくれた。

「あ、あ、駄目です」

絶頂が近づき、拓人は焦った。こんな簡単に達しては勿体《もったい》ないし、男としてみっともない。童貞でもプライドはあった。

「出そうなの？」

さつきが上目づかいで訊ねてくる。拓人は壊れたオモチャみたいに、頭をガクガクと前後に振った。

すると、予想もしなかったことを言われる。

「ま、初めてなんだからしょうがないわね」

女性経験がないことを、彼女は知っていたというのか。

(おれ、そんなこと言ったっけ？)

飲み屋の会話で、今は恋人がいないことを話した気がする。だが、性体験に関する露骨な話題はなかったはずだ。

それとも、こちらの言動から察したとでもいうのか。

驚いたことで、オルガスムス寸前まで高まっていた射精欲求が引く。もっとも、巧みな手淫奉仕は続いていたから、再び危機的状況になるのは時間の問題だ。

「一度イッて、スッキリしておいたほうがいいわね。でないと、オマンコに挿れるなり、すぐ出ちゃうかもしれないし」

禁じられた四文字を口にされたのもさることながら、初体験をさせてくれるのだと確定して胸が躍る。

(おれ、さつきさんとセックスができるんだ)

嬉しくてたまらない。一気に浮かれモードとなり、性感曲線も上昇に転じた。

「あん、すっごく脈打ってる」

正面にいたさつきが、拓人の右側に移動する。ぴったりと身を寄せ、乳房を男の腕に密着させた。

「さ、出しなさい」

前に回した手で、屹立《きつりつ》をリズミカルにしごく。まといついたボディソープが泡立って、クチュクチュと音を立てた。

「あああ、あ、ううう」

拓人は喘ぎ、呻《うめ》き、腰を震わせた。許可を得たとは言え、こんなに早くほとばしらせていいのかという思いは拭い去れず、奥歯を嚙《か》み締めて堪える。

それでも所詮は童貞。人妻のテクニックに敵《かな》うわけがない。

「くぅ、で、出ます」

「いいわよ。いっぱいピュッピュして」

手の動きが速まり、握る力も強くなる。目の奥がキュウッと絞られる感覚に続き、下半身が気怠《けだる》い快さにまみれた。

「うあ、あ、あっ、ああっ！」

のけ反って声をあげ、射精する。全身がバラバラになりそうな歓喜の中、熱い滾《たぎ》りが肉根の中心を幾度も駆け抜けた。

「あ、あ、出てる。すごい」

さつきが一定のリズムでペニスを摩擦し続ける。おかげで拓人は最後のひと雫《しずく》まで、最高の快感にひたってほとばしらせた。

3

部屋に戻り、ベッドの上で肌を重ねる。しっかりと抱き合い、ふたりは唇を重ねた。

「ん……ンふ」

彼女の熱っぽい吐息と、縋《すが》るような吸い音が、鼓膜をうっとりさせる。

(おれ、さつきさんとキスしてるんだ)

くちづけは、学生時代に付き合った恋人ともした。けれど、ここまで濃厚ではなかったし、服も着たままだった。

裸で抱き合って唇を交わすのは、一体感が半端ない。舌がピチャピチャと戯《たわむ》れるところから、甘美な電流も生じる。まだ挿入していないのに、早くもひとつになっているかのようだ。

「ふう」

唇が離れると、さつきが息をつく。紅潮した頬と、トロンとした目が愛らしい。

「キス、じょうずじゃない」

褒められるほどの経験はないから、背中がくすぐったい。

「さつきさんがリードしてくれたからです」

「あら、口も上手いのね」

目を細めた人妻が、手をふたりのあいだに差し入れる。真っ直ぐに進んだそれが秘茎を捉えた。

「あう」

くすぐったい快さに、拓人は呻いた。

たっぷりとほとばしらせ、おとなしくなっていたはずのそこは、早くも半勃《はんだ》ちまで復活していた。抱擁と、唾液を飲み合う濃厚なキスのおかげである。

「あの……」

「え、なに？」

「おれが初めてだって、どうしてわかったんですか？」

気になっていたことを訊ねると、さつきがきょとんとなった。

「え、初めてってて？」

「さつき、バスルームでおれがイキそうになったとき、さつきさんが、初めてだからしょうがないって」

「ああ……」

思い出したようにうなずいたものの、彼女の返答は要領を得なかった。

「お酒を飲んでるときに、拓人君が言ったんじゃないの？」

「いや、そんなことを口にした覚えはないですけど」

「じゃあ、真面目で純情だし、きっとそうだってわたしが思い込んだのね。うん」

なんとなく誤魔化された気がしたものの、べつに悪意はなさそうだ。まあいいかと思うことにした。

「とにかく、エッチの経験がないのは事実なんでしょ？」

「ええ、はい」

「初めてがわたしなんかでもいいの？」

どこか心配そうな顔をしたのは、ひと回り以上も年上だという負い目があるせいか。

「もちろんです。さつきさんみたいに素敵な女性と初体験ができたら、一生の思い出になります」

それはお世辞でもおべっかでもなく、拓人の本心だった。

「大袈裟ね」

さつきはあきれた顔を見せつつ、満更でもなさそうだった。

「それじゃ、エッチの前に、別のキモチいいことをしてあげる」

彼女がからだの位置を下げる。拓人を仰向《あおむ》けにさせると身を起こし、腰の横に膝をついた。

(ひょっとして――)

その時点で、何をされるのか察する。予想に違わず、人妻は手にした屹立の真上に顔を伏せた。

チュッ――。

張り詰めた亀頭粘膜に、軽くキスをされる。それだけで、電流にも似た甘美な衝撃が走った。

「あうっ」

たまらず呻いたものの、こんなのは文字通りに序の口だった。唇がOの字に開かれ、牡棒が真上から呑み込まれる。

(おれ、フェラチオをされてる!)

舌が回り出し、拓人はハッハッと息を荒ぶらせた。温かな口内に侵入した分身が、そこだけ熱せられたバターみたいに蕩《とろ》けそうなほど気持ちよかったのだ。

童貞にとって、フェラチオはセックス以上に憧れであった。未知のものである女性器と異なり、されたときの感覚が想像しやすかったためもあったろう。

加えて、不浄の器官を女性にしゃぶられるのは、ゾクゾクするほど背徳的でもある。せめて感触だけでも味わいたくて、自分で舐《な》めてみようと試みたことは、一度や二度ではなかった。

その欲してやまなかった行為を、美しい人妻に施されているのだ。

ピチャピチャ……チュウッ。

舌が敏感な頭部をねぶり、まといついた唾液と一緒に吸引される。そのたびに、からだがビクッとわなないた。

(これがフェラチオなのか)

想像していた以上に快い。いや、よすぎて涙がこぼれそうだ。

さつきは頭を上下させ、すぼめた唇で肉棹をこする。さらに舌をねっとりと絡みつかせ、陰嚢《いんのう》も揉み撫でてくれた。まさに至れり尽くせりである。

拓人は爆発しそうであった。いくら童貞でも早すぎる。そもそも、一方的に奉仕されるだけでいいのか。

「さつきさん」

思い切って声をかけると、彼女が動きを止める。横目でこちらを窺《うかが》い見た。

「おれも、さつきさんのが舐めたいです」

お返しを申し出ると、戸惑ったふうにまばたきをした。

女性を気持ちよくさせられる自信など、拓人にはなかった。ただ、指で感じさせるのは難しくても、舐めるだけなら何とかなるのではないか。敏感なところを確実に攻めることさえできれば。

まあ、単純に秘められた部分を見たかったというのもある。

さっきのほうも、童貞青年にクンニリングスをされるのに興味が湧いたと見える。わずかな逡巡を示しつつも腰を浮かせ、拓人の胸を逆向きで跨《また》いだからだ。

経験もないのに性器を舐めたいなんて。できるものならやってみなさいと、挑発的な気分にもなっていたのではないか。

（ああ……）

胸に感動が満ちる。丸々とした熟れ尻が、目の前に差し出されたのだ。

ぱっくりと割れた谷底には、セピア色のちんまりしたツボミ。自分にもある排泄器官なのに、こんなにもドキドキさせられるのはなぜだろう。禁断の園を覗いた気にすらなった。

一方、神秘の秘め園は、繁茂する縮れ毛に隠れがちでわからない。

今は女性器など、ネットでいくらでも見られる。けれど、美しい人妻が、その部分を大胆にさらけ出していることが重要なのだ。

(さつきさんのオマンコ……)

彼女が口にした卑猥な四文字を、自身も胸の内でつぶやく。それにより昂奮《こうふん》が高まり、咥《くわ》えられた分身が雄々しく脈打った。

たわわな丸みがさらに接近する。ボディソープの残り香が感じられるほどに。

間近で目にするそれは、かなり迫力があった。重たげで、顔を潰されるのではないかと思った。

そのくせ、そうされたいと願う気持ちも強まる。だから待ちきれず、豊臀を両手で摑《つか》み、引き寄せたのである。

「ううっ」

さつきが漲《みなぎ》り棒を含んだまま、咎《とが》めるように呻く。抵抗してもすでに遅く、年下の男の顔面に、ヒップを勢いよく落下させることとなった。

「むふっ」

柔らかな重みをまともに受け止め、息ができなくなる。鼻面が尻の谷間にもぐり込んだのだ。

なのに、少しも苦しくない。肌のなめらかさと、お肉のモチモチした弾力に、むしろ官能的な陶酔にひたる。

（ああ、素敵だ）

湿った陰部にこもるエッセンスを、拓人は深々と吸い込んだ。シャワーを浴びた名残の、清潔な香りが多くを占めていたが、そんな中にも女体本来の、甘酸っぱいかぐわしさが感じられた。

（これがさつきさんの、アソコの匂いなのか）

洗ったあとでも、くちづけや抱擁を交わし、さらにフェラチオもしたことで昂ったのではないか。実際、その付近には蒸れた熱気もあった。濡れた秘芯が正直なパフュームを漂わせているのに違いない。

女性の生々しい部分を垣間見たことで、大人としてひと皮もふた皮も剥けた気がする。そして、これから本物の男になれるのだ。

逸《はや》る気持ちをたしなめて、まずはさつきに奉仕する。秘毛を舌でかき分け、隠れていた裂け目に差し入れた。

「むふッ」

もっちりヒップがぎゅんと強《こわ》ばる。同時に、彼女の鼻息が陰嚢に吹きかかった。かなり敏感なようだ。

（たしかこのあたりに……）

知識にのっとり、敏感な肉芽を探索する。手探りならぬ舌探りで。視覚に頼れないから難しかったものの、

「ぷは――」

さつきがのけ反り、ペニスを吐き出した。下半身をワナワナと震わせる。

（ここだな）

包皮のフードに隠れがちな真珠を、うまく捉えたようだ。

狙った獲物を逃さず、唇をすぼめて吸いねぶることで、嬌声《きょうせい》が耳に届いた。

「あん、ああっ、そ、そこぉ」

弱点であると白状し、艶腰をくねらせる。拓人は臀部《でんぶ》を両手で固定して喰らいつき、鼻息をフンフンと荒ぶらせながらクンニリングスを続けた。

「あ、あ、やあん」

洩《も》れる声がいっそう色めく。

（おれ、女のひとを感じさせてるんだ！）

初めての口淫愛撫で、年上の女をよがらせている。もしかしたら才能があるのではないかと、すっかり有頂天であった。

「あああ、き、キモチいいっ、くぅん、じょ、じょうずよぉ」

あられもない反応に、ますます調子づく。このまま絶頂させられるのではないかと、いっそうねちっこく舌を躍らせていると、

「ちょ、ちょっとストップ」

さつきがいきなり腰を浮かせる。不意を衝《つ》かれて、拓人は熟れ尻を摑んだ手を離してしまった。

（え、そんな）

顔に密着していたものが消え去り、心底がっかりする。

彼女は脇に下りてからだの向きを変えると、ふうと息をついた。

「クンニ、上手じゃない。もうちょっとでイッちゃうところだったわ」

気まずげな笑みを拓人に向ける。

だったらイクところを見せてほしかったのに。あるいは、年下の童貞に頂上へ導かれるのは、プライドが許さなかったのか。

「じゃ、いよいよ初体験ね」

艶っぽく目を細めて言われ、中断されたクンニリングスなどどうでもよくなる。やはり肝腎《かんじん》なのは本番だ。

さつきが腰に跨がってくる。下腹にへばりついていた牡根を上向きに起こし、その真上に股間を下ろした。

「あん」

ふくらみきった亀頭で恥割れをこすり、悩ましげに喘ぐ。そこが温かな蜜をたっぷりとこぼしているのがわかった。

「オチンチン、カッチカチだね。すっごく元気」

はにかんだ笑みがやけに淫蕩で、拓人は軽い目眩《めまい》を覚えた。童貞卒業が迫っており、少しも落ち着かないほど嬉しかったためもあったろう。

「見てて。オチンチンがオマンコに入るところ」

淫らな誘いに、反射的に頭をもたげる。

黒々とした秘毛の真下に、肉色の棒が刺さっていた。自分のものではないみたいに余所余所《よそよそ》しく映る。

「すごく濡れてるから、ヌルッて入っちゃいそう」

そうつぶやいて、さつきがわずかに息をはずませる。どこか緊張しているふうでもあった。

(久しぶりなのかな?)

初対面の若い男に手を出したのは、性的に満たされていなかったからではないのか。だとすると、夫との夜の営みも、ご無沙汰だったのかもしれない。

などと、生意気なことを考えた直後、人妻の裸身がすっと下降した。

ぬぬぬ――。

屹立が濡れた狭まりに吸い込まれる。股間に女体の重みを感じるなり、その部分がキュウッとすぼまった。

「あふぅ」

「おおお」

ひとつになった女と男の、喘ぎ声が交錯する。

濡れ柔らかな蜜穴が、強ばりを心地よく締めつける。まといつく壁面がかすかに蠢《うごめ》くことで、拓人は男になったのを実感した。

（……おれ、とうとうセックスしたんだ！）

しかも、こんなに麗《うるわ》しい人妻と。全世界に誇りたい気分だ。

「あん、いっぱい」

なまめかしい面差しで、さつきが腰をよじる。迎え入れたものを確認するみたいに、膣壁が収縮した。

「あ、さつきさん」

たまらず呼びかけると、彼女が嬉しそうに白い歯をこぼす。

「童貞卒業ね。おめでとう」

拓人は喜びを実感した。

「あ、ありがとうございます」

礼を述べると、熟れた下半身が前後に揺れ出す。

「あ、あ――」

たまらず声を上げたのは拓人だ。股間をこすりつけるような動きをされ、女体内の分身が濡れ穴でこすられたのである。

人妻の内部は、まといつくヒダが粒立っていた。それが敏感なくびれをぴちぴちと刺激するのだからたまらない。

(ああ、すごい)

挿入しただけでも快かったのに、さらに上の愉悦を与えられるなんて。これが本当のセックスなのか。

「あん、キモチいい」

さつきのほうも快感を得ているようだ。表情が蕩け、艶めきを増している。乳房も悦びを表すみたいにたぷたぷとはずんだ。

　そんなところを目の当たりにしたら、長く堪えるのは不可能である。

「あ、あの、ちょっと」

　拓人は手をのばし、むっちりした太腿を摑んだ。

「え、どうしたの？」

　さつきが怪訝《けげん》な面持ちを見せる。

「……もう出そうなんです」

　羞恥にまみれつつ、正直に打ち明ける。バスルームでたっぷりと発射したあとだというのに、男の面目丸つぶれだ。

　ところが、彼女はニッコリと笑い、「ありがとう」と礼を述べたのである。

「え、ありがとうって？」

「中に出したらまずいって、気を遣《つか》ってくれたんでしょ。女性のことを第一に考えてくれて、若いのに立派だわ」

　べつに褒められるようなことじゃないのに、照れくさくてたまらない。さつきのほうこそ、年下の男を傷つけないよう気遣ってくれたのではないか。

「いいわよ。このまま出しなさい」

信じ難い言葉を告げられ、拓人は耳を疑った。

「え、で、でも」

「もうすぐ生理だし、妊娠ならだいじょうぶ。それに、せっかくの初体験なんだから、ちゃんとオマンコの中に出したいでしょ」

またもストレートすぎることを言われ、狼狽《ろうばい》する。そのくせ、ペニスは歓迎するみたいに、女体の中で脈打った。

「ほら、オチンチンも精子を出したいって言ってるわ」

悪戯っぽく目を細められ、胸が熱くなる。初めてがこのひとで本当によかったと、心から思った。

「で、ではお言葉に甘えて」

その返しが可笑《おか》しかったのか、さつきがクスクスと笑う。

「ええ、いっぱいキモチよくなって」

彼女が腰を浮かせ、垂直に落とす。その繰り返しで、そそり立つ男根をリズミカルに摩擦した。

「あああ、あ、あっ」

拓人は裸身をくねらせ、神経が溶けて流れそうな愉悦にひたった。

「くうう、わ、わたしも感じちゃう」

ハッハッと息を荒ぶらせる人妻の、なんと色っぽいことか。内部がいっそうキツく締まり、たちまち歓喜の高みへと追いやられる。

「うおお、あ、さつきさん、出ます」

「いいわよ。出して、いっぱい」

「あ、ああっ、い、いく」

腰をガクガクと揺すりあげ、めくるめく絶頂に意識を飛ばしかける。

びゅるんッ！

熱いエキスが強ばりの中心を駆け抜け、勢いよく放たれた。続けて二陣、三陣も。

「うあ、あ、ハッ、うあああ」

抑えようと思っても、声が出てしまう。体躯も電撃を浴びたみたいにわななき、少しもじっとしていられない。

「ああん、奥が熱いー」

体内に広がる潮を感じたのか、さつきが悩ましげに眉根を寄せる。さらなる放精を促すみたいに、蜜窟がキュッキュッとすぼまった。

（すごすぎる……）

体内のエキスをすべて吸い取られると思ったほどの、強烈な射精感。すべて出しきったあとも、四肢の痙攣《けいれん》が止まらない。

それもそのはずで、さつきはずっと腰を振り続けていたのだ。

「え、ちょ、ちょっと」

焦って声をかける。オルガスムス後の過敏になった亀頭を刺激され、拓人は腰が砕けそうであった。

ところが、彼女は涼しい顔で甘美な責めを続ける。年下の男が身悶えるのもかまわずに。

ぬちゅ……くぽっ——。

中出しされた精液が逆流し、粘っこい音を立てる。ヌメつく粘膜でこすられると、くすぐったさを強烈にした快感が生じるのだ。

「くあああ、も、もう無理です。ごめんなさい」

涙をこぼして観念すると、ようやく人妻が動きを止めた。

「あら、どうしたの？」

何食わぬ顔で訊ねられても、言葉が出てこない。ゼイゼイと喉を鳴らし、

（わかってるくせに……）

と、胸の内で恨み言をこぼすのみであった。

　さつきが腰を浮かせる。膣口からはずれた秘茎の上に、多量の白濁汁がトロトロとこぼれた。

（え？）

　拓人は目を疑った。おびただしく精を放ったはずの分身が萎《な》えておらず、八割がたふくらんだままだったのである。おそらく、刺激を受け続けたために。

「二回目なのに、いっぱい出したわね。それに、すっごく濃いわ。そんなにわたしのオマンコがキモチよかったの？」

　悪戯っぽい目で見つめられ、照れくさくも嬉しかった。人妻であることなど関係なく、彼女と本当に親密になれたのだと思った。

　ヘッドボードにあったウエットティッシュで、股間が甲斐甲斐しく清められる。しなやかな指が香り高い粘液を拭い、亀頭から陰嚢まで丁寧に磨き上げた。

「うう」

　敏感なくびれをこすられ、呻きがこぼれる。くすぐったくも快くて、拓人は時間をかけることなく完全復活した。

「若いっていいわね。また硬くなっちゃった」

さつきが口角を持ちあげる。だが、すぐにエレクトしたのは、彼女の手柄なのだ。優しい人妻となら、何回でもできそうな気がした。

(さつきさん、まだするつもりなんだよな)

再び勃起させられる自信があったからこそ、中出しを許可したのではないか。若くて経験不足でも、三度目ともなれば、もっと長く持続させられると期待して。

拓人のほうも、熟れた女体をもっと味わいたかった。騎乗位でザーメンを搾り取られたが、他の体位でもやってみたいし、できれば彼女をイカせたい。

「もう一回する?」

小首をかしげての問いかけに、拓人は「はい」と即答した。すると、手を引いて起こされる。

「じゃあ、今度はあなたが上になって」

さつきがベッドに寝転がる。胸を高鳴らせながら身を重ねれば、ふたりのあいだに入った手がペニスを導いてくれた。

「ここよ」

ヌルヌルの恥割れに亀頭をこすりつけ、彼女が自ら潤滑する。「ああん」と艶声をこぼして。

準備が整うと両脚を掲げ、牡腰に絡みつけた。

「さ、来て」

熱っぽい眼差しで求められ、ゴクッとナマ唾《つば》を呑む。快楽への期待だけでなく、幸福感にも包まれていた。

(おれは世界一の幸せ者だ)

歓喜をもたらす蜜穴の奥へと、拓人は身を投じた――。

4

翌日、昨晩の落ち込みが嘘のように、拓人は上機嫌で出社した。童貞を卒業し、男として自信がついたことが大きかったろう。

しかも初体験の相手は、外見も中身も百点満点以上の、実に魅力的な年上女性だったのだ。これで有頂天にならないほうがどうかしている。

(最高だったな、さつきさんとのセックス……)

思い返すだけで股間が熱くなる。

二度目の交わりは正常位。拓人は腰づかいを教わり、さつきを感じさせるべく奮闘した。

その甲斐あって、彼女を頂上に導くことができた。

『ああ、あ、イク、イッちゃう』

さつきの煽情的なよがり声と、いやらしく蕩けた美貌は、記憶のカメラにしっかりと記録されている。

人妻のエクスタシーを見届けて、拓人も女体の奥深くにほとばしらせた。肉体的にも精神的にも深い満足の得られた射精だった。

ふたりは歓喜の余韻にひたり、しばらくのあいだベッドでいちゃつき、何度もキスを交わした。あんなに幸せだったたったことは過去にない。

その後、バスルームでシャワーを浴びた。互いのからだを洗い合ううちにムラムラして、拓人はまたもエレクトした。

『まだできるの？』

驚きで目を丸くしたさつきに、後ろを向いて壁に手をつくよう頼む。丸まるとした艶尻を突き出させると、立ちバックで挿入した。

『こんな恰好でするのなんて、わたし、は、初めてなのよ』

などと言いながら、熟れたボディは牡のピストンでたちまち色めく。

『ああん、ど、どうしてこんなに元気なのぉ』

悦びにすすり泣く人妻の臀部に、拓人は下腹を勢いよくぶつけ、バスルーム内にパンパンと湿った音を響かせた。

その場所で、拓人は彼女を二度も絶頂させた。最後には『おぅおぅ』とケモノじみた声まで出させたのである。

よって、彼が自信満々の男に変貌できたのも当然と言える。目に映るすべてが輝いて見えるほど、気分が高揚していた。

「おはようございます」

営業部のオフィスに入り、大きな声で挨拶をする。すでに出社していた社員たちが、驚いて振り返った。

(昨日までのおれとは違うって、みんな気がついたかな)

自然と頬が緩む。いっそのこと、素敵な女性と初体験をしたと吹聴したいぐらいだ。まあ、さすがにそれはまずいかと自重する。

やがて、他の社員たちも三々五々オフィスに入ってきた。

隣の席、パートナーである聖子はなかなか現れない。これはいつものことで、どうやら朝が弱いらしい。ギリギリに出社するのが常だった。

そして、今日も彼女は、始業時刻の十秒前にすべり込んだ。

「では、朝礼を始めます。おはようございます」

「おはようございます」

朝礼といっても、全員で挨拶をし、連絡事項を伝えるだけのものだ。その間も聖子は仏頂面で、眉間にシワを刻んでいた。まだ眠気が抜けないと見える。

昨日までの拓人は、いかにも不機嫌そうな彼女にビクビクし、何か言われるのではないかと緊張していた。だが、今日は違う。

(どうしてこんな女を、おれは畏《おそ》れていたんだろう)

年齢はさつきと同じぐらいで、人妻なのも一緒だ。

けれど、女性としては月とすっぽん。聖子は彼女の足元にも及ばない。

人望もない聖子は、さつきの爪の垢《あか》を煎じて飲むべきだろう。いや、そんなことをしても焼け石に水、馬の耳に念仏。豆腐の角に頭をぶつけたって、歪んだ性格はそのままだ。

よって、まともに相手をする価値はない。

朝礼が終わると、聖子がいつもの意地の悪い顔を向けてきた。

「それで、昨日の見積はできてるの?」

相変わらずの尊大な態度。年下の同僚に押しつけた仕事を、またも自分の手柄にするつもりなのは明白だった。

「できてますよ」

拓人は素っ気なく答えた。途端に、彼女のこめかみがピクッと震える。下に見られたのを、敏感に察したのではないか。

「だったら見せなさい」

怒りを含んだ声で命じられても、まったく怖くなかった。

「お断りします」

「な、何ですって？」

「おれが作った見積書ですから、おれが先方に提出します。もちろん、商談もおれが進めます」

あからさまに反抗され、聖子が顔色を変えた。

「あ、あんた、自分が何を言ってるかわかってるの？　あたしに逆らったら、た、ただじゃ済まないんだからね」

脅しの言葉も、今の拓人には通用しない。

「ただじゃ済まないのは中広さんのほうですよ。おれがいなくちゃ何もできないんだから」

「な、何言って――」

「いつもおれをこき使って、ほとんどの仕事をやらせた挙げ句、手柄を独り占めしてきたんじゃないですか。そのおかげで契約が取れたんですから、要はおれのおかげですよ。それを、さも自分ひとりでやり遂げたみたいにアピールして、恥ずかしくないんですか?」

喋るうちにヒートアップして、声が大きくなっていたようだ。営業部員たちの視線がこちらに向いているようである。

もちろん拓人は、まったく気にしなかった。

「へ、ヘンなこと言わないで。あたしたちはパートナーでしょ。これまでふたりで協力して、うまくやってきたんじゃない」

取り繕《つくろ》ったことを口にされ、やれやれとあきれる。埒《らち》が明かないと、拓人はその場に立ちあがった。

「協力? 冗談じゃない。中広さんはおれを奴隷にして、利用していただけじゃないか。今さらパートナー面しないでください。あなたがすべてを改めない限り、おれは絶対にパートナーだなんて認めませんから」

きっぱりと言い放つなり、予想外のことが起こる。なんと、部内から拍手が沸き起こったのである。

（え？）

拓人は大いに戸惑った。だが、営業部の面々が《よく言った》と言いたげに、笑顔でうなずいているのを見て理解する。

聖子が手柄を横取りする自分本位な人間であると、みんなわかっていたのだ。あるいは、拓人以外にも尊大な態度を取られた者が、かなりいたのではないか。彼女に対して腹が立っていたから、ここまで賛同してくれるのだろう。

もっとも、部長や課長は啞然としていたから、上には上手く取り入っていたようである。そんなやつはたとえ出世ができても、部下の信用を得られず自滅する。

とにかく、聖子に人望がないことが、白日の下に晒《さら》されたのである。

彼女は真っ赤になって俯《うつむ》いている。あんなに威張っていたのに、いざ反撃されると何も言えないなんて。

下に見た相手にしか強く出られないのは、実力がないからだ。まさに虚勢を張っていたわけである。張り子の虎もいいところだ。

拓人はみんなに会釈をすると、悠然と席に着いた。見積書を用意して、書類ケースにしまう。

「さてと」

声を出して立ちあがり、隣を見た。

「商談の時間ですよ。行くんですか？」

打ちひしがれて小さくなっていた聖子に声をかける。

「は、はい」

彼女は肩をビクッと震わせ、怖ず怖ずと出かける支度をした。すっかり従順になっている。

拓人は人妻を従えて、取引先へと向かった。

第二章　本当はいやらしい社長秘書

1

家電メーカー芝電の社長室――。

「ご苦労だったわね」

二代目社長の秋葉真梨《あきばまり》にねぎらわれて、赤坂さつきは「いいえ」と首を横に振った。

「わたしは自分の任務を果たしたまでです」

任務とはすなわち、実力を発揮できずにいた新人社員を癒やし、力づけ、本来の力が発揮できるよう導いたことである。

とは言え、さつきは芝電の人事部人事課主任だ。今回拓人にしたようなことは、人事部の仕事ではない。そもそもセックスが仕事と言えるかどうかも疑問だが。

にもかかわらず、彼女が「任務」と言ったのは、社長直々に特命を受けていたから
に他ならない。
芝電の創業者でもある前社長は、真梨の父親だ。現在は会長としてお目付役のよう
なポジションになっているが、基本的に会社のことは娘に任せていた。それだけ信頼
していたのである。
実際、真梨はありがちな二代目のお嬢さんではなかった。社長の娘という素性を隠
し、一社員として芝電に入社したのだから。しかも努力して昇進し、三十代で管理職、
さらに取締役にも抜擢された。
かくして四十二歳の現在、若くして社長の座にある。社員たちからも絶対的な信頼
を勝ち得ていた。
そんな真梨の社長としてのモットーは「ひとが会社をつくる」だ。
新しい技術にしろ、確かな品質にしろ、それはひとの手によって生み出される。よ
って、ひと——社員を大切にしない会社は長く持たない。いずれ駄目になり、成長で
きなくなってしまう。
社員ひとりひとりが仕事にやり甲斐を持ち、互いに切磋琢磨して成長することを真
梨は望んだ。だからこそ、優秀な人材を広く求めたのである。

しかしながら、ひとが多くなれば軋轢《あつれき》が生じるもの。そこから綻《ほころ》びが生じ、社員の繋《つな》がりがバラバラになる恐れも多分にあった。

だからこそ、福利厚生を充実させたのだ。金銭的にはもちろんのこと、施設に関しても。どこの企業にも負けない働きやすさを実現するために努力した。

それだけではない。ソフト面でも社員を助け、癒やすために、秘密裏に特命課を設立した。

その名も「いやします課」。

ストレートすぎる命名ゆえ、課の責任者であるさつきに苦笑された。だが、真梨自身は気に入っていた。そのぐらい真っ直ぐな気持ちが必要なのだ。

さつきを責任者に選んだのは、人事部ということで社員を掌握しやすいと考えたのがまずひとつ。けれど、最も大きな理由は人柄である。

彼女は気立てがよく、誰にでも優しい。さらに、男女問わず好かれやすい美貌の持ち主だ。結婚しているからか母性にも溢れ、真梨はひと目で気に入った。

さつきを社長室に招き、特命課の構想を打ち明け、是非協力してほしいと頼んだのは半年ほど前。彼女は少し考えただけで承諾してくれた。

さつきは人事部で、様々な悩みを抱えて辞めていく社員を多く見てきた。そのため、そういう人間を少しでも減らせるならと、ひと肌脱ぐ気になったようだ。

もっとも、文字通りにひと肌脱ぐことになるとは、当初は真梨もさつきも、まったく考えていなかった。

「とにかく、町田君は万事順調なのね」

真梨の質問に、さつきは「はい」とうなずいた。

「パートナーの中広さんとは対等の関係になりましたし、というか、今では彼のほうがリードして、契約も順調のようです」

「よかったわ。ようやく期待どおりに活躍してくれているのね」

「ええ。わたしも骨を折った甲斐がありました」

さつきの言葉に、女社長がわずかに眉をひそめる。少し迷ったあと、

「ところで、どうやって彼に自信をつけさせたの？」

気になっていたことを訊ねた。

「お約束したはずですよね？　わたしたちがどんな方法で社員に癒やしを与えるのか、決して詮索しないと」

さつきが表情ひとつ変えずに答える。

「それはそうだけど……」

真梨は密かに疑っていた。彼女が肉体を駆使して、純情な男性社員に男としての自信をつけさせたのではないかと。

なぜなら、拓人に手を打ったと報告したときのさつきは、腰のあたりがやけに充実して見えたのだ。全身から牝《めす》の色香が匂い立つようでもあった。

癒やしの手段に性的な方法を採らないよう、前もって注意していたわけではない。むしろ、手段を選ばなくてもよいとまで告げた。後始末は社長である自分に任せればいいからと。

よって、真梨にはいやします課の業務に関して、質問する権利はない。そういう約束だったのだ。

「とにかく、うまくいったんですから、今後も私たちを信用してください」

「ああ、うん。そうね」

「ただ、今回の件については、加奈井《かない》さんの情報がとても役立ちました」

「あら、そうだったの」

加奈井瑠奈《るな》は、いやします課のもうひとりのメンバーである。拓人が童貞ゆえに女性に対して強く出られないというのは、彼女から教えられたのだ。

「やはり加奈井さんはかなりの情報通ですね。それに、男性社員のあれこれを見抜く目も確かです。まだ若いのに、わたし以上です」

「さすが、赤坂さんが推薦しただけのことはあるわね」

「そういうわけですから、わたしたちのお手当もはずんでください。お願いします」

「ええ、そのつもりよ」

でも、お金では得られないいい思いをしたんじゃないのと、真梨は喉まで出かかった言葉を呑み込んだ。すべてを任せた以上、余計なことを言うべきではない。

「では、わたしはこれで失礼します」

さつきが恭《うやうや》しく頭を下げる。

「ええ、また何かあったらお願いね」

真梨は信頼の眼差しで、社長室を出る彼女を見送った。


さつきはエレベータで一階のロビーに降りた。人事部のフロアは二階だが、いやします課のオフィスは一度本社ビルを出て、裏手に回らねばならないのである。

（あら？）

入り口で、外から帰ってきたふたりと顔を合わせる。営業部の拓人と、パートナーの聖子だ。

「あ――」

拓人が口をあんぐりと開け、こちらを見る。それはそうだろう。初体験の相手と、あの日以来初めて顔を合わせたのだから。

芝電の社員は大勢いる。部署やフロアが異なれば、顔や名前などまずわからない。営業部は四階だから、人事部にどんな人間がいるかなんて、新人の彼が知っているはずなかった。

だからこそ、あの日は行きずりの女を演じられたのである。

問題が解決した今は、同じ会社の人間だとわかっても支障はない。身分は明かさなかったし、出会ったのは単なる偶然だったということにできる。

もちろん本当は、拓人だとわかって声をかけたのだが。

さつきはニッコリとほほ笑んで会釈をし、ふたりの横を通り抜けた。そのとき、拓人は啞然とした顔のままだったが、聖子に睨まれたのが気にかかる。彼にほほ笑みかけたのが気に食わなかったのだろうか。

（まさかあのふたり……）

男女の関係になったのではないかと、さつきは疑った。《あたしの男にちょっかいを出さないで》と、聖子の目が訴えているかに見えたからだ。

彼女が年下の男に意地の悪い対応をしたのは、夫とのセックスレスが原因だ。これが、もうひとりの特命課員である、瑠奈の見立てであった。要は欲求不満ゆえの八つ当たりだと。

そして、拓人とのパートナーシップが改善されてから、聖子も以前とは変わっていた。色気が増して、物腰が柔らかくなったのである。

仕事や人間関係がうまくいっているから、これまであった負の部分が消えたとも解釈できる。また、初体験の翌日、拓人は営業部のオフィスで彼女を大声で叱責したそうだから、それで年下の男を見直し、従順になったのかもしれない。

もうひとつ、セックスを知ったばかりの拓人が、色んな女性と体験したくなって、パートナーに手を出した可能性がある。聖子はさつきと同い年だし、見てくれは決して悪くない。印象が変わって魅力が増したし、おそらく彼に言い寄られたら、彼女のほうは拒めないのではないか。

とは言え、他人が男女のことに口を出すのは野暮である。それは自分と拓人の関係についても同様だ。

（ま、後腐《あとくさ》れなくセックスを愉《たの》しむだけなら、べつにかまわないでしょ）

などと思いつつ、胸がチクチクするのはなぜだろう。

彼とは一夜限りの交わりだったはず。なのに、ひと回り以上も年下の男を独占したくなったというのか。

(ダメよ。わたしには夫がいるんだから)

しかしながら、出張が多いために夜の営みがままならず、自らの指で慰《なぐさ》めることもしばしばなのだ。だから拓人の童貞を奪いたくなったのである。任務のため仕方ないと、自らに言い訳をして。

これでは聖子と変わらないと、ため息をつきつつビルの裏へ回る。そこには暗証番号を入力しないと開かないドアがあった。

それが、いやします課のオフィスへの入り口だ。

本社ビルの裏手は他のビルと近接しており、そこにそんなドアがあるなんて知る社員はまずいない。仮に見つけたとしても、エレベータや配管など、メンテナンス用の出入り口だと思うだろう。

周囲に誰もいないのを確認してから、さつきは中に入った。

短い廊下の突き当たりに、オフィスのドアがある。表示は何もない。秘密裏に創設された部署ゆえ当然だ。

「あ、さつきさん、ちゃーす」

先に来ていた加奈井瑠奈が、いつものごとく気安い口振りで挨拶をする。

彼女は経理部経理課の社員である。日々計算機や請求書、領収書とにらめっこするお堅い業務をこなすのだが、本人には少しもそういう雰囲気はなかった。

何しろ金髪で、メイクも濃い目なのだ。立体的に飾り立てたネイルに加え、耳と鼻に合計十個近いピアスを付けた、いかにもというギャルであった。

そんな見た目でも仕事はできる。商業高校と情報処理系の短大を出た彼女は、入社四年目の二十四歳。そして、経理課一仕事が早かった。

瑠奈をいやします課に引き入れたのは、さつきである。経理の仕事ができるからではなく、彼女が情報通で、尚かつひとを見る目が確かだからだ。

社員に関して、瑠奈は多くの情報を持っている。ひとなつっこくて誰とでも仲良くなり、交友関係が広いのである。

そうしていろいろな話を聞き、単なる噂話からプライベートの深刻な問題まで、数多《あまた》の情報を仕入れていた。さらに、聞いた話をメモなど取らず、すべて記憶できる才能の持ち主でもあった。

加えて水商売、特にキャバ嬢の知り合いが多い。高校時代の学友が勤めているからだが、そのツテで友達を十人単位で増やしていた。

芝電の男性社員にも、そういう店に通う者がけっこういる。店に瑠奈の知り合いがいれば、そっちから情報が入ることもけっこうある。男というのは、酔うと何でもべラベラ喋る生き物なのだから。

また、観察眼もなかなかのもの。拓人が童貞であると見抜いたのも彼女である。そのせいで聖子に強く出られないとも断言した。

『あたしが筆おろしをしてあげた男の子たちも、だいたいああいうタイプでしたよ。それで、童貞を切ってあげると、途端に自信満々になっちゃうんです』

きっぱり断定したから、性体験も豊富らしい。だったら瑠奈ちゃんが相手をしてあげてと頼んだところ、

『ダメです。あの子の最初の女は、さつきさんがいいんです』

そう言われてしまった。

『あの子って、年上に甘えたいタイプですから。それに、さつきさんがハメさせてあげれば、聖子さんにも強く出られるようになるはずですよ』

そのためには感じなくても感じたフリをして、自信をつけさせるべきだとも主張した。実際は、感じたフリなどする必要はなく、本当に何度もイカされてしまったのであるが。

ともあれ、社員のことを知る上で、瑠奈の存在は必要不可欠と言えた。

「それで、広報部の品川《しながわ》さんの件は？」

次の対象者について訊ねると、彼女は憤慨の面持ちで答えた。

「もうギリギリみたいですよ。かなりタチの悪いクレーマーだって話です。しかも、品川さんがいいひとだから狙い打ちにして」

瑠奈を怒らせるとは、実際にとんでもないやつなのだろう。

品川幸輔《こうすけ》は、広報部渉外係の社員である。役職はお客様相談センター主査。彼はひと当たりがよく、真面目で人望もある。見てくれが悪いわけではないのに、三十九歳にして独身だ。これに関しては、いいひとすぎて女性側が引け目を感じてしまうためというのが、大方の見方であった。

ともあれ、仕事もできるので、社内での評判はすこぶるいい。そんな幸輔が最近やけに暗く、仕事にも身が入っていないようだというので、いやします課の対象となったのである。

彼の悩みのタネがクレーマーだというのは、程なく明らかとなった。

そいつは商品に対する苦情を、最初は電話で伝えてきたという。ところが、説明書をきちんと読まずに作動させた結果だとわかった。

そのことを指摘すると、先方がブチ切れた。

それは説明書の記載の仕方が悪い。だいたい、そんなものをいちいち読まないと使えない商品にも問題がある。

と、自身の過《あやま》ちを棚に上げ、難クセをつけてきた。落ち度を決して認めたくないタイプの、厄介な人間だったのだ。

ご指摘の点は、今後の商品開発や説明書の表記に活かしますと、幸輔は丁寧に伝えた。しかし、性根の曲がったやつが、それで納得するわけがない。どうあっても非を認めさせ、自分は悪くないという結論に導きたいのである。

そのクレーマーは高齢男性であった。すでに退職しているから暇を持て余している。金銭的な余裕もあった。

本人が、自分はこういう人間だと言ったのを鵜呑《うの》みにするなら、在職中はそこそこの地位にあったらしい。そのせいでプライドが高く、非を認めるのは負けだと思い込んでいるフシがあった。

彼はその後、芝電の製品をたびたび購入すると、細かに調べあげた。説明書も隅から隅まで読み込んだのではあるまいか。

そうして些細《ささい》な欠点を暴き出しては、苦情の電話を入れるようになった。最初に対応した幸輔を名指しにして。溜飲を下げるために、どうあっても謝罪させるつもりなのだろう。

本当に欠陥がある商品ならリコールをして、謝罪広告も出さねばならない。けれど、そいつが指摘するのは正しくない使用方法による瑕疵《かし》とか、説明書で禁止されていることをわざわざやった上での故障といった、それこそ言い掛かりでしかないものばかりであった。

濡れた猫を電子レンジで乾かそうとして死なせた飼い主が、レンジのメーカーを訴えたなんて話がある。してはいけないと説明書に書いてなかったために、猫が死んだのだと。

これは実話ではなく、ただの都市伝説である。だが、クレーマーがつけてきた因縁も、その類《たぐ》いのものばかりであった。

おまけに、やっちゃいけないと説明書に書いてあったら、かえってやりたくなるだろうと子供みたいないちゃもんまでつける。禁じられている製品の分解までして、動かなくなったのはどうしてだと文句を言ったこともあった。

本当に不具合があったのなら丁寧にお詫びするが、そうでないものについては意見を伺うだけで、安易に謝罪してはいけない。かえって会社の信用を損なうことになるからだ。

これが苦情に対する、芝電の基本姿勢である。それだけ自社製品に自信があることの表れでもあった。

幸輔はそれに倣《なら》い、御意見ありがとうございますと答えることに徹した。そのせいで相手も意固地になり、ますますクレームがエスカレートするという悪循環。わざわざ会社まで来たこともあって、これで精神がやられないはずがない。

「最近だと、電話が鳴っただけでもビクッとするぐらいに、追い込まれているみたいですよ。ホントかわいそう」

幸輔に同情しつつ、瑠奈は怒りがおさまらない様子だ。クレーマー男が腹立たしくてしょうがないのだろう。

それはさつきも同じであった。幸輔を癒やす前にクレーマーを退治したくなる。もっとも、女の身でそんなことができるはずもない。

「ただ癒やしてあげるだけじゃ無理みたいね。できればクレーマーを撃退するだけの勇気を与えてあげられたらいいんだけど」

「んー、難しいですね。悪人にも情けをかけるぐらいに優しいひとだから、お客に強く出るなんて無理ですよ。会社の方針がどうこうじゃなくって、性格的に」

そこまで言ってから、瑠奈が腕組みをして首を捻る。

「あ、そっか……性格を変えちゃうって手もあるのか」

つぶやいてから、いいことを思いついたというふうに両手をパチンと合わせる。

「さつきさん、社長に確認していただきたいことがあるんですけど」

「え、何を？」

「秘書の木元《きもと》さんについて。ウワサでは聞いてるんですけど、事実かどうか知りたいなと思って」

「噂……？」

訳がわからず、さつきは眉根を寄せた。

2

（ああ、疲れた）

泥水の染み込んだ綿みたいに重いからだを引きずり、品川幸輔は駅の長い階段をのぼった。

今日も例のクレーマーから電話があり、その対応に二時間以上も費やした。しかも、昼休憩の時間を跨いで。

敵はこちらを空腹にさせて苛立《いらだ》たせるため、わざとそうしたに違いない。残りの仕事がずれ込み、帰りも遅くなった。

近頃では謝罪させるためというより、怒らせにかかっているのが窺える。そして、お客に対して無礼だと怒り、そっちで謝らせる魂胆なのだろう。

そうとわかっているから、ひたすら耐えるしかない。

正直なところ、もう限界だった。部署の異動か、それが無理なら退職するしかないというところまで、幸輔は追い込まれていた。

電車に乗ると混雑しており、疲れていても坐れない。それも彼を落ち込ませた。

帰宅のときはいつもこんなふうで、坐れるほうが珍しい。なのに、そんな日常まで不運のせいにしてしまうほど、心をやられていたのである。

車両の中ほどまで進み、吊り革に摑まって窓に視線を向ける。外が暗く、鏡のように車内を映すそこに、十歳も老け込んだ自分がいた。

（……結婚は一生無理だな）

陰影がくっきりしているせいで、ほとんど老人のような見た目だ。人生そのものを終えた気になる。

四十年近く生きてきたのである。親密な間柄の異性がいたこともあった。幸輔は結婚を望んだが、彼女のほうはそうではなく、結局別れた。

以来、ずっと独り身だ。

優しいパートナーがいて励ましてもらえれば、少しはマシかもしれない。しかし、それはただの無い物ねだりだ。

(所詮、人間はひとりか)

虚《むな》しさにも苛《さいな》まれ、深いため息をついたとき、

(おや?)

視界の端に、見知った顔を見つけた。

(木元さんだよな……)

ひとつ隣の車窓に映る美女は、秘書課の木元芽久美《めぐみ》であった。

社員数が多く、関係部署以外の人間とはほとんど交流がなくても、芝電の大多数の社員は彼女を知っている。社長秘書であり、その類い稀《まれ》な美貌とプロポーションゆえに、ファンクラブもあるという噂だ。

綺麗な黒髪がよく似合う、いかにもおっとりした雰囲気の芽久美は、和風の涼しげ

な顔立ちだ。それでいて、胸も腰も豊かに張り出しており、二十八歳にして成熟した色気すら感じられた。

彼女に好意を抱かない男など、果たしてこの世に存在するのか。幸輔も以前、社内で見かけたとき、思わず立ち止まった。雲の上の存在ゆえ恋心は抱かずとも、会社を代表する素敵な女性なのだ。

まさか、そんな芽久美と同じ電車になるなんて。清楚なブラウスにロングスカートという、上品な装いもよく似合っている。

(木元さんもこっちに住んでいるのかな？)

これまで通勤や退勤時に見かけなかったのは、勤務時間が一緒ではないからだろう。社長秘書の彼女は、一般の社員とは異なるスケジュールで動いているはず。

こうして同じ電車の乗り合わせたのは、まさに幸運と言えよう。ずっとつらい目に遭《あ》っているため、偶然の邂逅《かいこう》にも幸せを噛み締める幸輔であった。

そのとき、芽久美の様子がおかしいことに気がつく。

(ん、あれ？)

反射するガラス越しではなく、顔をそちらに向けて彼女を直《じか》に確認する。

吊り革に掴まった芽久美は俯いていた。髪がはらりと垂れて顔はよく見えない。ただ、身を切なげによじっている。

(どうかしたのかな?)

気分が悪くなったのだろうか。幸輔は心配になり、乗客をかき分けてそちらに足を進めた。

と、芽久美の後ろに、何者かがぴったりと身を寄せている。フードをかぶっているため顔は見えないが、服装からして男だろう。

彼の手は、彼女の下半身に触れていた。

(あ、痴漢)

幸輔はすぐさま察した。

芽久美がおとなしそうなのをいいことに、手を出したというのか。狼藉をはたらくゲス野郎に憤《いきどお》る。すぐさま懲《こ》らしめたくなったものの、

(いや、まずいかも)

幸輔は思い直した。

芽久美は声も出せずにいる。恥ずかしいし、怖いのだ。ここで騒ぎを起こしたら、そんな彼女をいっそう居たたまれない気持ちにさせてしまうだろう。

では、どうすればいいのか。

幸輔は彼女の近くに行くと、痴漢のほうを見ないようにして「木元さん」と声をかけた。

「え？」

振り返った美貌は、目元が濡れている。恐怖と羞恥の涙だ。

「こんばんは。僕は芝電の、広報部の品川です。まあ、ご存知ないでしょうけど」

名乗ると、芽久美が安堵の面持ちを見せる。その直後、フードの男が彼女から離れ、どこかに行ってしまった。まずいと悟ったようである。

痴漢を横目で追ってから、幸輔は「災難でしたね」と小声で慰めた。すると、助けてもらったのだと理解して、芽久美が目を潤ませる。

「あ……ありがとうございました」

安心して、矢も盾もたまらなくなったらしい。彼女は幸輔の胸に縋ると、肩を震わせて忍び泣いた。

ふわ――。

綺麗な黒髪から、いや、全身から甘い香りがたち昇る。蠱惑《こわく》的なフレグランスにうっとりしつつ、幸輔は美女を守るように背中を抱き、優しく撫でてあげた。

思いがけずヒーローの役目を果たせただけでも、幸輔は満足だった。端《はな》っから見返りなど期待していなかったし、芽久美が深刻な被害に遭わずに済んだことを、心から喜んだ。

3

そのため、怖いので自宅まで送ってほしいと頼まれたのにも、邪念など抱かず承諾した。目的を遂げられなかった痴漢が、彼女につきまとう可能性もある。最後まで面倒を見てあげるべきだと思ったのだ。

降りたのは、幸輔の駅よりふたつ手前である。

その駅前は店が少なく、少し離れただけで街灯の数が減り、薄暗くなった。若い女性のひとり歩きには、危険とまで言えずとも注意が必要だ。

五分ほど歩いて到着したのは、五階建ての新しいマンションだった。入り口のセキュリティもしっかりしており、これなら大丈夫かと帰ろうとすれば、

「お願いです。ついて来てください」

泣きそうな顔で頼まれる。部屋に入るまでは、心から安心できないようだ。

「わかりました」

そうしてほしいのならと、幸輔は願いを聞き入れた。

エレベータに乗り込んでからも、芽久美はどこか不安げな面持ちだった。痴漢されたのが、それだけ怖かったと見える。

（あの野郎。今度見つけたら、ただじゃおかないからな）

顔も見なかった痴漢に怒りを募らせる。

部屋は最上階だった。廊下を歩いた突き当たりで、彼女がドアを解錠する。

「じゃあ、僕はこれで」

さすがに大丈夫だろうと別れを口にすると、芽久美が首を横に振った。

「いいえ。せめてお茶ぐらいご馳走させてください」

世話になったのに、何もせずに返すのは忍びないらしい。

こんな夜に、若い女性の部屋に足を踏み入れるのが好ましくないことぐらい、幸輔は重々承知していた。恋人同士ならいざ知らず、今日初めて言葉を交わした相手なのである。

（まあ、でも、木元さんの気が済むのなら）

お茶を飲んだらすぐ帰るつもりで、幸輔はお邪魔することにした。

独り暮らしなのは間違いなさそうだが、中は2DKのようである。幸輔は未だ1Kの安アパートだというのに。社長秘書は給与が高いのだろうか。

入ってすぐのダイニングキッチンはシンクがピカピカで、家電も調度もセンスがいいものばかり。お値段も張るに違いない。芽久美はお茶ぐらいと言ったけれど、名前も知らない高級品の紅茶でも出されそうだ。

通された奥の部屋も、革張りのソファーをはじめ、大画面のテレビもキャビネットも立派だ。男やもめの自分の部屋と比較して、幸輔は落ち込みそうになった。

(所詮、住む世界が違うんだな)

すぐにでも帰りたくなった。

「こちらにどうぞ」

勧められて、ソファーに腰を下ろす。芽久美はキッチンに下がってお茶の準備をするものと思えば、隣に坐ったものだから(あれ?)となった。

彼女は俯き、スカートの上で指を遊ばせている。これからどうすればいいのかと考えあぐねるみたいに。

(どうしたっていうんだ、いったい?)

同じ会社の人間とは言え、ほぼ初対面の男を部屋に入れて後悔しているのか。だっ

たら帰ったほうがよさそうだなと思ったとき、

「あの――」

芽久美がようやく口を開いた。

「あ、はい」

「……わたし、いけない女なんです」

言われた意味を理解するのに時間を要する。いや、正直わからなかった。

「えと、それはどういう？」

戸惑いつつ訊ねると、彼女が意を決したようにうなずく。幸輔の手を取ると、それをスカートの中へ導いた。

（え、えっ⁉）

あまりのことに抵抗もままならず、気がついたときにはむっちりした太腿に手を挟まれていた。汗ばんだのか、肌がしっとりしている。

いったい何がどうなったのか。訳がわからず、わずかに動く指で無意識に付近を探ったところ、湿った布が指先に触れた。

それも、かなりじっとりしている。

（あ、ひょっとして）

痴漢された恐怖のあまり失禁したのではないか。いけない女とは、大人なのに粗相《そそう》をしたことを言っているのだろう。

「あん」

芽久美が甘い声を洩らす。幸輔は焦って手を引っ込めようとしたが、内腿をギュッと締められたために無理だった。

「わ、わかりますか？」

震える声で訊ねられ、幸輔は無言でうなずいた。

「痴漢されて、わたし……ぬ、濡れたんです」

言われて（え？）と耳を疑う。言葉のニュアンスが、尿を漏らしたとは異なるものだったからである。

「あの、濡れたって？」

怖ず怖ずと訊ねれば、潤んだ瞳が見つめてきた。

「わたし、怖くて恥ずかしくて、泣きたいぐらいだったのに、なぜだか昂奮しちゃって……気がついたら、そこがビショビショになってたんです」

羞恥に声を震わせての告白。これではっきりした。下着の底を濡らすのは尿ではなく、昂《たかぶ》りの蜜であると。

（木元さん、どうして？）

社長秘書に相応《ふさわ》しい、美しく淑《しと》やかな女性。男性社員の憧れである彼女が、痴漢をされて淫らな気持ちになるなんて、とても信じられない。

喉の渇きを覚え、何度も唾を呑み込む。今さらのように甘ったるい女の匂いを意識したことで、ますます落ち着かなくなった。

「ごめんなさい……こんなにいやらしくて、だらしのない女で」

そもそも謝られる筋合いなどないから、何と答えればいいのかわからない。

黙っていると、芽久美がソファーから立ちあがった。しかも、やけに思い詰めた表情で。

固唾《かたず》を呑んだ見守っていると、彼女がスカートに手をかけた。ホックがはずされ、脹《ふく》ら脛《はぎ》の半ばまで隠していたそれが、ふわっとなまめかしい風を起こして落ちる。

「あ――」

思わず声が洩れる。ベージュのパンティストッキングが包む、女らしい下半身があらわになったのだ。

（何をしているんだ、木元さん……）

ぬるい女くささが濃く揺らめく。牡の昂りを呼ぶパフュームと煽情的な光景に、幸輔は異世界にでも迷い込んだ気分に陥《おちい》った。

ブラウスの裾から覗くのは、大人の女性にしか似合わない紫色のパンティ。裾が黒のレースで飾られたフェミニンなデザインも、ナイロンの薄物に透けることでいっそうエロチックに映る。

そこまで目にしても劣情がこみ上げなかったのは、急な展開に感情が置いてきぼりを喰っていたからだ。どうしてこんなことになったのかと、疑問のみが頭の中で渦巻いていた。

だが、芽久実がパンストに手をかけたものだから、さすがにうろたえる。

「ちょ、ちょっと」

何をするつもりなのかを察し、焦って声をかける。しかし、彼女は止まらなかった。パンストとパンティをまとめて、豊かな腰回りから剝き下ろしたのである。

(嘘だろ……)

驚きで固まった幸輔の眼前には、下半身のみ裸になった美女。かぐわしい女体臭が強まり、ほんのり酸っぱい匂いが色を添える。おそらく、外気に晒された陰部から漂うものだ。

女性が男の前で性器をあらわにしたのである。しかも、そこが濡れていると告白したばかりだ。セックスを求められるのだと、幸輔が判断したのも無理はない。

ところが、芽久実は予想もしなかった行動に出た。ソファーに膝立ちで上がると、彼の膝の上で俯せになったのだ。ブラウスの裾をたくし上げて。

肉体のふれあいが現実感を呼び込む。下を見れば、ふっくらしたナマ尻があった。雪のように白く、かたちの良い綺麗な球体が。

腹這いでも豊かに盛りあがった双丘は、愛らしくもいやらしい。さわってと誘っているかのよう。いや、いっそ顔を埋め、頬ずりをしたくなる。

ここに来て、海綿体に血潮が流れ込む気配があった。

（あ、まずい）

幸輔は懸命に理性を奮い立たせた。こんな状態で勃起したら、彼女の下腹に硬いものが当たり、昂奮しているとバレてしまう。

しかしながら、それは些末なことでしかなかった。

「お仕置きしてください」

求められて、頭に血が昇る。芽久美がどうしてこんな体勢になったのか、ようやく理解できたのだ。

（お仕置き……尻を叩けっていうのか⁉）

はしたない女アピールは、折檻《せっかん》させるための布石だったのか。二十八歳の臀部を改めて直視し、幸輔はいよいよ昂りを抑えきれなくなった。

見るからにスベスベで柔らかそうなお肉は、いかにも弾力に富んでいる。叩けばいい音がするに違いない。

そして、清楚な美女が苦痛に身悶えるところも見たくなる。

「お願い……早く――」

少しも我慢できないというふうな、切なげなおねだり。理性も忍耐もくたくたと弱まり、幸輔は欲望本意の牡へと変貌した。

(ええい、木元さんがしてほしいって言ってるんだ)

自分がそうしたいのではない。彼女の願いを聞き入れるだけなのだ。自らに弁明し、盛りあがりの頂上に手のひらをそっとかぶせる。

「あ――」

芽久実が声を洩らし、裸の下半身をピクッと震わせる。ほんの軽いタッチにも感じたらしい。

色めいた反応と尻肌のなめらかさに、劣情がマックスまで高まる。幸輔は右手を高々と振り上げると、片側の丘に向かって勢いよく振り下ろした。

バンッ！

澄んだ打擲《ちょうちゃく》音が鳴り響く。思いがけず大きな音で、美女が「ああッ！」と悲痛な声を上げた。

（しまった。やりすぎたか）

ぷりぷりしたお肉に跳ね返された手が、軽く痺れている。かなり痛かったのは間違いない。

ところが、彼女はやめてとは言わなかった。それどころか、

「もっと叩いて、もっと」

と、さらなるお仕置きを望んだのである。

一度叩いてはずみがついたため、ためらいはごく僅かだった。幸輔は再び手を上げると、紅葉《もみじ》模様を浮かび上がらせる丸みをもう一度叩いた。

パチッ。

さっきとは異なる音色が鳴る。角度が甘かったのか、悲鳴も「きゃんっ」と子犬みたいだった。

「うー」

芽久実が不満げに身を揺する。それじゃ駄目だと非難された気がして、慌てて三度

目に挑む。今度はまだ叩いていないほうの丘を狙った。

「あうううう」

バチンと重みのある音が立つと、彼女が苦しげに呻く。深いところまで衝撃を受けた様子である。

そこまですれば、あとは流れに任せるのみ。幸輔は言われずともスパンキングを続けた。いつしか夢中になり、美女のおしりを責め苛む。

室内に反響するのは、肉が打たれる痛々しい音。それから悲鳴とすすり泣き、呻き声だ。

多彩なそれらに煽《あお》られて、気がつけば三十発以上も尻を打ち据えていた。

「うぐ……グスッ――」

嗚咽《おえつ》が聞こえてハッとする。

あんなに白かった芽久美の臀部は、赤みの強いピンク色に染まっていた。痛々しい眺めに、今さら罪悪感を覚える。

「ご、ごめん」

謝って、熱を帯びた双丘を撫でる。ヒリついたのか、彼女の下半身がビクッとわなないた。

「うう」

呻いた芽久美が、脚を少し開く。内腿が見えて、そこは何かの液体がべっとりと付着していた。

あまりの痛さと恐怖にオシッコを漏らしたのか。しかし、そこからむわむわとたち昇ってくるのは、アンモニア臭ではない。淫靡で甘酸っぱい、牝の香り。

（まさか――）

痴漢をされて昂奮した彼女は、スパンキングでも昂り、秘部を濡らしたというのか。それも、内腿まで濡らすほどおびただしく。

酷《ひど》いことをされて性的に燃えあがるとは、完全にマゾヒストだ。名前が芽久美だから、まさにマゾっ子メグちゃんか。

などと、くだらないことを考える余裕があったのはそこまで。彼女が腰をいやらしくくねらせたことで、幸輔も快さにひたる。

「くうう」

硬くなったペニスがズボンの前を突きあげ、柔らかい下腹にめりこんでいた。動かれたせいで、甘美な刺激が生じたのである。

「か、硬いのが当たってるぅ」

芽久美が艶めいた声で報告する。それが牡のシンボルだと、もちろんわかっているのだ。

(こんなにエッチな子だったなんて)

頭がクラクラし、嗜虐《しぎゃく》的な衝動が湧きあがる。

幸輔は彼女の秘められたところに指を忍ばせた。熱気が溢れ、粘っこい蜜でしとどになった肉の裂け目に。

「きゃふっ」

芽久美が首を反らし、切なげな声を洩らす。不躾《ぶしつけ》な指を、柔らかな内腿でギュッと挟み込んだ。

「またこんなに濡らして。お仕置きの意味がないじゃないか」

彼女をなじる言葉が自然と出たことに、幸輔自身が驚いていた。女性にこんなことを言える人間ではなかったのに。

「ご、ごめんなさい」

嗚咽交じりの謝罪が、昂りをヒートアップさせるよう。恥割れをほじるように指先を動かすと、「あ、あっ」と高い声が聞こえた。

「感じてるんだね。濡れたマンコをいじられて」

わざと卑猥な単語を用いて指摘すると、羞恥の呻きが聞こえた。

「うう……ゆ、許して」

「起きなさい」

命じると、芽久実がそろそろと腰を浮かせる。ソファーに坐るよう指示すると素直に従い、「つ……」と顔をしかめた。ぶたれた臀部が痛いのだろう。

幸輔はソファーから下りると、スーツの上着を脱いだ。スパンキングで体力を消費し、汗もかいたのだ。

それから、彼女のすぐ前に膝をつく。

「脚を開いて、おしりを前にずらすんだ」

言われて、美女が狼狽をあらわにする。恥ずかしいところを見られるとわかったようだ。

それでも拒まなかったのは、辱《はずかし》めに昂奮する性癖ゆえだろう。しゃくり上げながらも浅く坐り直し、膝を怖ず怖ずと離した。

「ああ、見ないで」

そんな嘆きとは裏腹に、大股開きのポーズを取る。男の眼前に、秘め園を大胆に晒した。

ふわ――。

熱を含んだ淫臭が解き放たれる。焦《こ》げたチーズのような独特のパフュームが、幸輔の嗅覚を悩ましくさせた。

しかし、それ以上に心を鷲《わし》掴みにしたのは、やはり女芯の佇《たたず》まいである。

どうやらエステで処理しているらしい。秘毛は短く、縦長の逆三角形を恥丘に描くのみだ。

よって、ぷっくりした大陰唇と、そこからはみ出したハート型の花びらを、何ものにも邪魔されずに観察できる。

(これが木元さんの……)

喉が妙に渇き、何度も唾を呑み込む。

女性器そのものは、かつて交際した異性や、ネットの無修正画像などで目にした。けれどこれは、多くの男性社員が憧れる美人秘書の、決して公《おおやけ》にされない部分なのだ。感激と誇らしさで胸がいっぱいになる。

一帯は色素の沈着が淡く、ほころんだ裂け目に覗く粘膜も鮮やかなピンク色だ。普段の彼女そのままに、清楚な眺めである。

ただひとつ、溢れた蜜汁でべっとりと濡れている点を除けば。

（いやらしすぎる）

気のせいか、なまめかしいかぐわしさが強まったよう。濡れた粘膜が恥じらうように収縮するのも目撃して、いっそうたまらなくなる。

もはや衝動を邪魔するものは何もない。幸輔は芽久実の艶腰を両手で摑み、ソファーからずり落ちそうなところまで引き寄せた。

（木元さんのオマンコ……）

抵抗は微塵もなく、濡れた陰部に顔を埋める。

「キャッ、だ。ダメっ」

悲鳴が耳に届いたが、そんなものを気にする余裕はない。鼻奥をツンと刺激するほど濃密さを増したチーズ臭に、頭がクラクラしたからだ。

（うう、たまらない）

科学的に分析すれば、決していい匂いだとは判定されないであろう。にもかかわらず、ずっと嗅いでいたい心地にさせられるのはなぜなのか。

幸輔はこもる秘臭を深々と吸い込み、この上ない悩ましさにうっとりした。美しい社長秘書のこんな匂いを知っているのは、自分だけに違いない。

「イヤイヤ、そこ、汚れてるの。くさいのよぉ」

芽久実の発言には、まったく同意できなかった。くさいとも、汚れているとも思わなかったのだ。

むしろ、真っ正直な秘苑を、心ゆくまで堪能したくなる。

ぬるい蜜を溜めた裂け目に、幸輔は舌を差し入れた。ピチャピチャと音が立つほどに掻《か》き回すと、「くうううっ」と官能的な呻きが聞こえる。

「だ、ダメ……」

抗《あらが》う声が弱々しくなる。ちょっとねぶられただけで、早くも感じているようだ。ならばと、敏感な突起が隠れているところを狙って舌を律動させれば、

「あ、あ、あ、あああッ！」

鋭い嬌声がほとばしり、ムチムチした内腿が頭を強く挟み込んだ。

「ああ、し、しないで」

言葉とは裏腹に、恥割れが物欲しげにすぼまる。肉体は正直だ。

大陰唇と花びらのあいだのミゾや、陰核包皮の内側もほじるように舐める。そちらは幾ぶん塩気があり、幸輔は素直に美味《おい》しいと思った。

（……おれ、木元さんのマンコを舐めてるんだ）

匂いだけでなく、正直な味も知ってしまった。

男たちが憧れる社長秘書も、今は自分だけの秘書だ。そして、彼女の秘所も自分のものだ。

独占できた歓《よろこ》びに昂り、舌づかいがねちっこくなる。

「イヤイヤ、あ、キモチい――」

本音を洩らし、「うう」と恥辱にむせぶ。男の頭を挟んだ太腿を、ピクピクと痙攣させて。

舐め続けることで、程なく性器の味が消える。けれど、愛液は途切れることなくじゅわじゅわと溢れ続けた。

多情で多汁。男にとっては理想的である。

このままクンニリングスで絶頂させてもよかった。しかし、マゾの芽久美は満足しないのではないか。辱めを受けるほどに肉体が燃えあがるのだから。

今にも昇りつめそうにヒクつく恥芯から、幸輔は口をはずした。

「ああん」

不満げな声が洩れる。イキそうだったのにとなじるみたいに。

「四つん這いになって」

新たな命令に、女体がビクッと震える。何をされるのかと不安な反面、期待もふくらんだのではないか。だからこそ、抗うことなく従ったのだろう。

ソファーの上に両膝と両肘をついた芽久美は、さすがに恥ずかしくなったのか、組んだ腕に顔を埋めた。それにより、いっそうヒップが高く掲げられるのを、知ってか知らずにか。

上半身は着衣のままだ。そのため、裸の下半身が妙になまめかしい。ケモノのポーズも、早く犯してと誘っているかのよう。

幸輔は彼女の真後ろに移動した。

叩かれた赤みが残る双丘を、両手ですりすりと撫でる。痛かっただろうなと、少しだけ罪悪感を覚えた。

彼女が顔をあげられないのは、股を開いたとき以上の羞恥に苛まれているからだろう。牝園ばかりか、恥ずかしいところをすべて見られているのだから。

事実、幸輔の視線は、ぱっくりと割れた臀裂の狭間《はざま》に注がれていた。こちらも色素の沈着が少ない皮膚に、整った放射状のシワを刻んだ秘穴がある。

(ああ、可愛い)

ただの排泄口なのに、こんなにもときめくのはなぜだろう。禁忌《きんき》を暴いた気にもさせられる。

人差し指の先で軽く触れると、芽久美が「ヒッ」と息を吸い込むような声を洩らす。上向きの腰がビクッとわなないた。

「そ、そこ、おしり」

くぐもった声でなじられる。言われるまでもなくわかっていた。

そこはわずかにベタついていた。しかし、指先を嗅いでも移り香はない。汗をかいた名残のようだ。

試しに鼻先を近づけると、蒸れた酸味臭があった。他に異臭はない。汚れやすいところだけに、普段から清潔にしているのだろう。

仮に生々しい匂いがしたところで、幸輔は怯《ひる》まなかったはず。むしろ昂奮させられたかもしれない。こんな美人なのに、おしりがくさいなんてと。

自分は、性的にはいたってノーマルだと思っていた。この短時間で妙な趣味に目覚めた、いや、目覚めさせられたというのか。

そして今も、これまでしたことのない行為に挑もうとしていた。

「うう、ど、どこを見てるんですか？」

芽久美が震える声で咎める。だが、彼女もわかっていたはずだ。桃色のアヌスがヒクヒクと収縮していたから。

幸輔はさらに接近し、すぼめた唇のような秘肛にくちづけた。

「え？」

彼女がわずかに腰をよじる。何が触れたのか、まだわかっていないと見える。

それでも、舌がチロチロと這い回ったことで、アナルキスをされたのだと理解したらしい。

「キャッ、ダメダメ、いやぁ」

掲げた尻を左右に揺すり、開いていた尻割れを閉じようとする。

幸輔は艶腰を両手でがっちりと摑み、逃がさなかった。舌を突き立てるようにして後穴をねぶり、わずかな塩気を味わう。

「おしりイヤぁ、き、キタナイのぉ」

無駄な努力とわかりつつも、芽久美は抗い続ける。妙な付着物などなくても、やはり体内の不要物を出す器官。抵抗を禁じ得ないのだろう。

ならばと、幸輔は指を秘芯へと差しのべ、クリトリスを探った。唾液の湿りが残っているところを。

「あひっ」

裸の下半身が強ばる。彼女は何も言えなくなったようで、切なげな息づかいのみが聞こえた。

尻穴を舐めくすぐりながら、敏感な肉芽を指で愛撫する。二箇所同時の刺激に、女体がいやらしくくねり始めた。

「う、う、あ――」

色めいた声が切れ切れに聞こえ出す。顔を埋め、必死で抑えている様子だ。

(我慢しなくてもいいのに)

幸輔は秘核を強めに圧迫し、指の動きも速くした。それにより、美女が悦楽の淵に落ちる。

「あひっ、いッ、いいいい」

抑えきれなくなった喘ぎ声が大きくなる。腕に顔を埋めるのが苦しくなり、呼吸をするためにはずしたのではないか。

クリトリスが摩擦されるのに合わせて、秘肛もせわしなくすぼまる。そちらでも快感を得ているのかのような反応だ。

いや、クンニリングスをしたときよりも、悶えかたが著《いちじる》しい。柔肌もビクビクと絶え間なくわななくのがわかった。

「ああ、い、いいの、おかしくなっちゃうぅううう」

悦びの渦中にあるのを隠さず、息づかいも荒い。いっそう深いところで感じているふうだ。

だったらイカせてあげようと、舌と指の動きをシンクロさせる。美女の反応をつぶさに観察し、より快くなれるよう工夫した。

その甲斐あって、芽久美が愉悦の階段を登りきる。

「あ、あ、イクッ、イクッ、イッちゃう、う――――おおおお、だ、ダメ」

会社で目にする淑やかさが嘘のような、本能剝き出しのよがりっぷり。喉から絞り出される声も、ケモノが唸るようであった。

(よし、イッちゃえ)

感覚を逃さぬよう、休みなく攻め続ける。彼女は裸の腰をガクガクとはずませ、野犬のごとく「おぅおぅ」と吠えた。

「い、いぐ、いぐぅうううう、う、うっ、おほぉおおおっ！」

背中を大きく反らし、アクメ声を放つ。

キツく閉じた尻割れに舌を挟まれ、幸輔はアナル舐めができなくなった。仕方なく、硬くなった肉の芽をしつこくこすり続ける。

「だ――――らめぇ、い、イッたのぉ」

芽久美が苦しげに訴える。それにもかまわず秘核刺激をやめずにいると、

「ああっ、あ、あ、ま、またいぐぅ」

絶頂したはずの芽久美が、さらなる高みへと舞いある。オルガスムスで強ばっていた筋肉が、電流でも浴びたみたいに痙攣した。

（すごい……）

女性が続けざまに昇りつめるところを、幸輔は初めて目の当たりにした。射精したら即終了の男では味わえない、猛烈な快感ではないのか。

それは彼女の反応からも明らかだ。

「も、もうやめて……死んじゃう」

喉をゼイゼイと鳴らしながらの懇願に、幸輔はハッとして女陰の指をはずした。このまま続けたら命を落としかねないと思ったのだ。

腰を支えていた手をはずすと、芽久美が力尽きたように横臥《おうが》する。ソファーの上で深い呼吸を繰り返し、瞼を閉じた美貌は妖艶《ようえん》そのものであった。

（まったく、エロすぎるよ）

ブリーフの内側で、牡のシンボルは猛《たけ》りきったままだ。摑み出してしごいたら、一分と持たずに射精しそうなほど情欲にまみれていた。

（今度はおれの番だ）

ここまでサービスしたのである。お返しをしてもらう権利はあるはず。

幸輔は立ちあがり、ネクタイをはずした。ワイシャツとズボンも脱ぎ、気がつけば全裸になっていた。それだけ昂奮していたのである。

そして、夜はまだこれからなのだ。

第三章　秘書の濡れた秘所

1

イチモツは下腹にぴったりとくっつくほどに反り返り、血管の浮いた裏スジを見せつける。握ってしごきたい衝動に駆られたものの、幸輔はそうしなかった。目の前の美女の、柔らかな手で愛撫されたかったのだ。

「木元さん、起きて」

呼びかけると、彼女が顔をこちらに向ける。瞼が開き、焦点の合っていなさそうな黒目が覗いた。

「……え？」

いったん細まった目が、大きく見開かれる。前に立ちはだかる男の、股間に聳《そび》え立つものにすぐ気がついた。

「おれのもさわってくれる？」

問いかけに、芽久美は勃起から視線を外すことなく、のろのろと身を起こした。ソファーに坐り直し、濡れた瞳で肉色の槍《やり》を凝視する。

ビクン——。

見られることに昂り、ペニスがしゃくり上げる。すぐにでも快感がほしくて、幸輔は一歩前に出た。

「握って」

息をはずませながら求めると、ちんまりした手が膝から離れる。牡の股間に、怖ず怖ずとのばされた。

「むふッ」

幸輔は太い鼻息を吹きこぼした。柔らかな指が、猛りきった器官に回されたのだ。

(木元さんが、おれのチンポを——)

彼女を絶頂させたあとにもかかわらず、夢を見ているかのようだ。

「硬いわ」

ため息交じりに独りごち、芽久美が手を上下させる。緩い握りでしごかれただけで、膝がカクカクと笑った。

「あ、ちょっとストップ」

焦って制止したのは、爆発しそうになったからだ。

彼女も察したようで、すぐさま手をはずしてくれる。それから、自身をチラッと見おろすと、ブラウスのボタンに指を添えた。

幸輔は分身を脈打たせながら、美人秘書の肌があらわになるのを見守った。

ブラジャーはパンティと同じ紫色。黒のレースで飾られているのも一緒だ。

(やっぱり社長秘書ともなると、下着のコーディネイトにも気を抜かないんだな)

妙なところで感心する。かつての恋人は、下着の上下が揃っていないことなどしょっちゅうだった。

とは言え、それもやむを得ない。彼女の話では、パンティのほうは裾がほつれるなど、すぐ駄目になりやすいということだった。

一方、ブラはわりあいに丈夫である。高価だし、サイズが合ってないと使えないから、頻繁《ひんぱん》に買い替えないそうだ。

そのため、安いパンティのみを買い足すこととなり、上下で異なる色やデザインのものを着用することになるという。

そんなことを思い出して、インナーにも気を配る芽久美に敬服したのだ。

ブラジャーのホックもはずされ、手に余りそうな乳房があらわになる。やや赤みの強い乳頭は、突起も存在感があった。

(ああ、木元さんのおっぱいが)

女性器まで目にしたあとなのに、いや、だからなのか、やけに新鮮に映った。

一糸まとわぬ姿になった彼女が、ソファーから立ちあがる。室内に漂う女体のなまめかしい匂いが、いっそう濃くなった気がした。

「隣に行きましょ」

引き戸が開けられ、ふたりは素っ裸で隣室に移動した。最初に推察したとおり、そちらは寝室だった。

奥の壁際に置かれたベッドは大きい。ダブルサイズのようだ。

(木元さん、彼氏がいるのかな?)

独り暮らしをしていても、恋人が来たときのために大きなベッドを使っているのかと思ったのだ。

だが、彼氏がいるのなら、自分を部屋に連れ込んだりはしまい。このほうが余裕を持って休めるから、大きいサイズを選んだのだろう。

芽久美は掛け布団を剝《は》がすと、幸輔が先に上がるよう促した。

「仰向けで寝てください」

言われるままに、シーツを背中にして横たわる。秘茎を限界まで漲らせたまま。

彼女もベッドに上がると、幸輔の脇に膝をついた。手をのばし、再び剛棒を握る。

「あああ」

たまらず声が出る。寝転がっているからか、さっきよりもゆったりした気分で快《こころよ》さにひたった。

「こんなに硬いオチンチン、初めてかも」

手をゆるゆると動かしながら、芽久美がつぶやく。いい年をして思春期の少年みたいにギンギンなものだから、あきれているのだろうか。

居たたまれなさを覚えたとき、彼女が予想もしなかった行動に出る。屹立に顔を近づけ、小鼻をふくらませたのだ。

「あ、ちょっと」

匂いを嗅がれたとわかり、幸輔はうろたえた。一日働いたあとでシャワーも浴びていないそこが、どんな悪臭を放っているのかぐらいわかっている。

腰をよじって逃れようとしたものの、中心をしっかり握られているため動けない。

特に強い臭気がこびりついたくびれ部分に鼻先が寄せられ、すんすんと嗅ぎ回られても抵抗できなかった。

(ああ、そんな)

恥ずかしさよりも、悪事を働いたような罪深さを感じる。

「駄目だよ、そんなことしちゃ」

声をかけても聞く耳を持たず、芽久美はペニスを嗅ぎ続ける。わずかに眉をひそめたから、いい匂いだと思っているわけではないのだ。

もしかしたらこれは仕返しなのか。さっき、彼女からやめてと言われたのに女性器を嗅ぎ、ねぶったことへの。

そして、彼女のほうも舌を出し、張り詰めた亀頭をペロペロと舐め回した。

「くあああ」

くすぐったい気持ちよさに、からだのあちこちがビクッ、ビクッとわななく。どんな味がするのかはわからないが、ただの塩気ではあるまい。

唾液に濡れて赤みを著しくした亀頭が、美女の唇に吸い込まれる。チュパッと舌鼓《したつづみ》を打たれ、痺れるような快感が生じた。

「駄目だって、本当に。汚れてるんだから」

懇願しても、芽久美は牡棒の先端を咥えたまま、こちらを横目でチラッと見ただけ。まるで、《自分もしたくせに》となじるみたいに。

やはり仕返しなのだと思い知った幸輔であったが、彼女の頭が上下しだしたことで、それどころではなくなる。

「うはっ、あ、あううう」

美しい秘書が唇をすぼめて、肉胴を摩擦する。そればかりか、舌もねっとりと絡みつけ、男の神経を甘美に蕩《とろ》けさせた。

さらに、口からはみ出した部分は指の輪でこすり、陰嚢も手のひらで包んで転がす。至れり尽くせりというか、痒いところに手の届く愛撫だ。

当然ながら性感曲線は急角度で高まり、歓喜の極みが迫った。

「そ、そんなにしたら出ちゃうよ」

焦りをあらわに訴えても、口も手もはずされない。それどころか、いっそうねちっこく奉仕してくれる。

(射精させるつもりなのか？)

アナル舐めまでされてイカされたから、お返しに最後まで導こうとしているのではないか。

あるいは、お尻を叩きすぎたことも機嫌を損ねる一因だったのか。そこまで考えたところで、忍耐が限界を迎えた。

「あああ、ほ、本当に出る」

せめて口だけははずしてほしい。口内発射までしようものなら、一生顔向けができない気がした。

まあ、もともと雲の上の存在だったのであるが。

「あ、ああ、も、もう出る。いく」

切羽詰まっていることを告げても、芽久美は亀頭をピチャピチャとねぶり続ける。

強烈な快美感に、もはや抗うすべはない。気持ちよすぎて頭が馬鹿になりそうだ。

かくして、絶頂の波が全身に行き渡った。

「おおおお」

呻いてのけ反り、随喜のエキスを噴きあげる。見なくてもドロドロしているとわかるそれが、先を争うように尿道を通過した。目のくらむ歓喜を伴って。

「うあ、あ、ああ」

幸輔は馬鹿みたいに声を洩らし、ありったけのザーメンを放った。

おびただしい射精にも、芽久美は怯まなかった。舌を回して次々と溢れる粘汁をいなし、チュウと吸うことまでする。

おかげで、通常のオルガスムスよりも深い悦《よろこ》びを味わった。

「くはっ、ハッ、はふ」

荒ぶる呼吸がおとなしくならない。息を吐き出しすぎて、肺が潰れそうだ。

(すごすぎるよ……)

嵐が去り、幸輔は手足をのばしてベッドに沈み込んだ。あとは胸を上下させる以外、何もできなくなる。すべてが億劫だった。

ひと息ついた芽久美が、顔をそろそろと上げる。力を失いつつある秘茎が唇からはずれるとき、駄目押しのくすぐったい快感を味わった。

(え、何を?)

ぼんやり見守っていると、彼女が天井に視線を向ける。喉がわずかに上下するのがわかった。

(飲んだんだ、おれの——)

罪悪感に苛まれ、顔を見るのがつらくなる。なのに、うっとりした面持ちの美貌から目が離せなかった。

(マゾかと思ったら、サディストの気もあるんじゃないか)

ふと考えたとき、芽久美がこちらを向く。目が合うなり、口角が思わせぶりに持ちあがった。

淫蕩な微笑に、幸輔は背すじが震えるのを覚えた。

2

幸輔がダウンしているあいだに、芽久美はシャワーを浴びたようだ。部屋を出て十分後に戻ってきたとき、裸身にバスタオルを巻いていたから。

せっかくいいプロポーションをしているのに、隠すなんてもったいない。頭の片隅で思ったものの、口に出す元気はなかった。

彼女は濡れたタオルを持参していた。ベッドに上がると、年上の男の首筋や胸、腋《わき》の下などを拭ってくれる。それから股間も。

(ああ、気持ちいい)

絶頂の余韻が燻るからだが癒やされる。萎えたペニスを丁寧に清められ、くすぐったい快さにひたりながらも、幸輔は寂しさを噛み締めた。

(これでおしまいってことなんだな……)

全裸で寝室に入ったのであり、そのときはセックスをするつもりでいた。おそらく芽久美のほうだって。

しかし、口内発射を遂げた牡器官は、完全に縮こまっている。もう無理かと諦めたのではないか。だからシャワーを浴びたのだろう。

幸輔のほうは、最後までしたい気持ちがある。けれど、再勃起させられる自信はこれっぽっちもなかった。四十前であり、もう若くないのだ。

さっきは、それこそ十代にも負けない力強さを誇示できたのに。そのせいで射精量も半端なかったようで、脱力感も著しい。ほとんどグロッキー状態だ。

こんなことなら、もう少しセーブすればよかった。悔やんでももう遅い。後悔先に立たずでチンポも勃《た》たない。

だが、芽久美のほうは、終わらせるつもりなどなかったらしい。

タオルをはずし、磨かれて赤くなった秘茎を見つめる。指を絡めてしごいてから、その真上に顔を伏せた。

「おお」

軟らかな分身を含まれ、思わず声が出る。温かな唾液を溜めた中でクチュクチュと泳がされ、背すじがむず痒くなる快さにひたった。

（……気持ちいい）

情欲を煽るような口淫奉仕ではない。後戯のように、ゆったりした気分で愛撫を受け容れられる。海綿体も幾ぶん充血したようだが、勃起にはほど遠かった。

すると、男根を口で弄《もてあそ》びながら、芽久美が逆向きで跨がってくる。幸輔の顔の上に、重たげな丸みを差し出した。

（まだするつもりなんだな）

終わりではないと悟り、嬉しくなる。シックスナインで悦びを与え合い、次の行為に繋げるのだと思った。

ところが、彼女は腰を浮かせたままだ。大胆に晒された女芯に手は届くけれど、口までは距離がある。

シャワーを浴びたのだから、舐められることに抵抗はないはず。現に、内腿はボディソープの清潔な香りを漂わせていた。

そのくせ、何かをねだるみたいに、ヒップをくねらせるのである。

（あ、ひょっとして）

幸輔は悟った。またスパンキングをしてもらいたいのだと。

試しに平手で臀部を打つと、艶腰がビクンと跳ねた。

「むうう」

柔棒を咥えたまま、芽久美が甘い呻きをこぼした。それから、もっとしてとせがむように、豊臀をぷりぷりと揺する。

「叩いてほしいのかい？」

いちおう確認しても返事はない。口にモノが入っているから何も言えないのではなく、恥ずかしくて本心を明かせないのだ。

その証拠に、ほころんだ恥割れがみるみる潤ってゆく。

「いやらしい子だ」

口でなじり、手で尻肉を打つ。両手を使い、左右の丘を交互に攻めた。

パンッ、パンッ、ピシャッ——。

仰向けの姿勢では力が入りにくい。さっきほどには痛みを感じないのではないか。

だが、透明な愛液が今にも滴《したた》りそうになってきたことで、美女が歓んでいるのだとわかる。ふんふんとこぼれる鼻息も、陰嚢を温かく蒸らした。

(本当にマゾなんだな)

辱めや苦痛で、ここまで濡れるなんて。もしかしたら、会社でもわざとミスをして社長に叱られ、密かな昂りを得ているのではないか。

叩かれる臀部は、手の角度や当たる力によって、多彩な音を奏《かな》でる。幸輔はドラマーにでもなったつもりで、飽きることなくスパンキングを続けた。

「むー、むー、むー」

呻いてくねる女体から、バスタオルがはらりと落ちる。気がつけば、ペニスは最大限の硬さを取り戻していた。

芽久美のフェラチオが気持ちよかったのは確かである。けれど、エレクトしたのは幸輔自身が昂ったからだ。女性の尻を叩くことで。

(おれ、サドっ気があったのか?)

我ながら意外だった。

正直、SとMのどちらでもないと思っていた。まして、他人を責めることに歓びを感じたことだってなかったのだ。

あるいは、芽久美の尻を叩いたことで目覚めさせられたのか。

恥割れに溜まった蜜汁が、間もなく表面張力の限界を超える。糸を引いて滴り、胸の上に落下した。

「ぷはーーー」

芽久美が強ばりを吐き出す。息が続かなくなったのかと思えば、そうではなかった。

「も、我慢できない。挿《い》れて」

半泣きの顔で手を引っ張られ、幸輔は起きあがった。セックスを求めているのは明らかで、自分もひとつになりたかったから異存はない。けれど、彼女が四つん這いになったことで、少々戸惑う。最初からケモノのポーズで交わりたがるなんて。

ソファーでそうしたように、芽久美はベッドに顔を伏せ、ヒップを高く掲げた。膝を大きく離し、恥ずかしいところを全開にする。

「バックがいいの。硬いオチンチンでいっぱい突いて」

尻を振ってのあられもないおねだり。頭がクラクラしたが、劣情が煽られたのは確かだ。要望どおり、徹底的に責め苛みたくなった。

幸輔は膝立ちになり、彼女の真後ろに陣取った。反り返るイチモツを前に傾け、ほころんだ恥割れに亀頭をこすりつける。

「くううう－ン」

芽久美が仔犬みたいに泣き、総身を震わせる。挿れやすくなるよう潤滑しただけなのに、それだけで感じてしまったのか。

「ね、ね、早くぅ」

急かされて、幸輔は「わかった」と答えた。尻たぶを両手で固定すると、濡れ穴をひと思いに貫く。

ぢゅぷッ――。

内部に溜まっていた蜜汁が脇から押し出される。同時に、

「あはぁっ！」

嬌声が寝室に響き渡った。

（うわ、熱い）

彼女の内部は温度が高く、柔ヒダが筒肉にまといつく。狭い入り口が、男根をキュウキュウと締めあげた。

「うおぉ」

幸輔も喘ぎ、分身を雄々しく脈打たせた。

「ね、ね、突いて。パンパンしてぇ」

芽久美は貪欲だった。すぐさまピストンをおねだりする。それも力強いやつを。

リクエストに応えて、幸輔は肉棹を気ぜわしく出し挿れした。逞《たくま》しいモノで、濡れ穴を攪拌《かくはん》する。

「お、お、おおっ」

低い喘ぎ声が耳に届く。彼女はシーツに顔を埋めていたが、それが原因ではなさそうだ。肉体の深いところで感じるため、声そのものが低くなっていたようである。

もっと乱れさせるべく、幸輔は腰を勢いよくぶつけた。

パンパンパン……。

下腹と臀部の衝突が、スパンキングに似た音を放つ。これを望んでいた芽久美がのけ反り、「あんあん」と喜悦の声を上げた。

「もっと、もっと、奥にぃ」

深い抽送《ちゅうそう》を求められ、肉の槍を限界まで突き挿れる。穂先がもぐり込んだ奥のぬかるみは、煮込んだスープみたいに蕩けていた。

「パンパン、パンパン、もっとぉ」

煽られて、ぢゅぽぢゅぽと卑猥な音が立つほどに蜜穴を穿《うが》つ。しかし、彼女が望んでいるのはこれだけではないのだと悟り、腰を振りながら双丘を叩いた。

「あうっ、あうっ」

芽久美が海獣じみた声を上げる。内部がいっそうキツくすぼまったから、やはりスパンキングもしてほしかったのだ。

しかしながら、

（……これ、けっこうキツいな）

腰も手もというのは、なかなかにハードワークである。しかも休みなく続けねばならない。少しでも間が空くと、

「ああん、もっとぉ」

と、せがまれてしまうのである。

もっとも、彼女に意識を集中したおかげで、いくらペニスを締めつけられても、簡単に爆発することはなかった。

逆ハート型のヒップの切れ込みに、肉色の器官が見え隠れする。白く泡立った淫液をまといつけ、セックスの酸っぱい匂いをたち昇らせた。

「ああっ、あ、いいいい、イッちゃう」

芽久美が時間をかけずに頂上へ至る。赤くなった臀部をギュッギュッと強ばらせ、筋肉の凹《へこ》みをこしらえた。

「イクイクイク、あ、あっ、イクぅううっ」

アクメ声を高らかに放ち、蜜穴を収縮させる。それは幸輔にも悦びをもたらしたが、まだ余裕があった。

（これからだからな）

昇りつめた女体を、休みなく突きまくる。

「ああっ、だ、ダメ」

芽久美が身をよじる。しつこいピストンから逃れようとしたらしいが、幸輔は摑んだウエストをぐいと引き寄せて許さなかった。

「イヤイヤ、い、イッたの。イッてるのぉ」

そんなことはわかっていると、力強い抽送で応える。彼女は「おおっ、おおっ」と、美しい秘書には不似合いな野太い声を吐き出した。

「おっ、おっ、ほ、ホントにダメ。オマンコ壊れちゃううぅ」

エンストした車のように、裸身をガクンガクンと跳ね躍らせながら、芽久美は次の高潮を迎えた。

「ま、またイク、イクイクイク、お、おっ、ほぉおおおっ」

エクスタシーにわななく尻を叩いても、そちらには反応しない。痛みをかき消すほどの愉悦を得ているようだ。

（セックスのときは、いつもこんなに感じるんだろうか）

芽久美が女の歓びに目覚めているのは間違いない。ならば、親密な関係の男がいないと、欲望を持て余すのではないか。

彼女ほどの美人なら、誘えば男はいくらでも釣れる。さりとて、社長秘書の立場では行動も制限され、そうそう無軌道な真似はできまい。

(欲求不満だったから、痴漢にさわられただけで濡れたのかも)

自分が部屋に招かれたのも、疼《うず》くからだを鎮《しず》めるためだったのだろう。

連続絶頂は体力の消耗が著しいと見える。ケモノのポーズを維持するのも困難になったか、芽久美はからだをずりずりとのばして俯せになった。

そのせいで、淫窟に嵌《は》まっていた肉根が抜ける。だが、これで終わらせるのは心残りだ。

(木元さん、満足していないんじゃないかな)

そんな気がして、脚を開かせる。肉厚の臀部もむぎゅっと割り開くと、覗いた女芯に剛棒を突き立てた。

「ううう」

二度もイッたあとで反応は薄かったが、内部はトロトロだ。まとわりつく柔ヒダが、歓迎するように蠢く。

(やっぱりまだしたいんだ)

そう判断し、彼女の背中にぴったりと身を重ねる。腰だけを上げ下げして蜜穴を掘削した。

「う……あ——」

寝バックで攻められ、芽久実が切れ切れに喘ぐ。これだと尻を叩くことはできないが、下腹に当たる丸みがクッションのようで、幸輔は心地よかった。

「んっ、んっ、むふぅ」

甘い香りがする髪に顔を埋め、腰をヒコヒコと動かし続ける。挿入深度は浅いものの、狭い入り口でくびれをこすられるものだから、快感は大きかった。

それに、彼女のほうも感じてくれる。

「うう、こ、これ、キモチいい」

鼻息がフンフンと荒くなる。

どうやらこの体位は初めてらしい。ベッドに腹這いで押さえつけられるのは無理やり犯されるようでもあり、Mっ気が刺激されるのではないか。

「ああ、あ、いい、いいのぉ」

反応が顕著になってきた。

ふたりの性感曲線が重なり、同じ角度で上昇する。息づかいがシンクロしていたから、そうだとわかった。

「あうう、ま、またイキそう」

芽久実がオルガスムスを予告したとき、幸輔も頂上が見えていた。

「お、おれも」

同じであることを告げ、どのタイミングで抜こうかと考える。さすがに中出しをするわけにはいかない。

ところが、

「いいわ。な、中でイッて」

膣内射精を許可され、さすがに驚いた。

(え、いいのか?)

戸惑ったものの、外で出したらベッドやシーツを汚すかもしれない。それに、妊娠が心配だったら、最初からコンドームを着けさせたはずだ。

きっと安全日か、あるいは経口避妊薬を飲んでいるのだろう。だったらかまうまいと愉悦の流れに身を任せ、絶頂へと向かう。

間もなく、芽久実が昇りつめた。

「イッちゃう、イッちゃう、イクイクイクぅ」

裸身をぎゅんと強ばらせ、「うっ、ううっ」と呻く。キツくすぼまった蜜穴の奥に、同時に達した幸輔は情欲をしぶかせた。

「うあ、あ、くううう」

彼女をベッドに押さえ込み、射精しながら剛棒を抜き挿《さ》しする。脳が蕩けるほどの快感にまみれ、意識が飛びかけた。

（最高だ……）

男性社員たちの憧れである美人秘書とナマで交わり、精液を注ぎ込んだのだ。これ以上に誇らしいことがあるだろうか。

心ゆくまでほとばしらせ、力尽きて芽久美の上でぐったりする。スプーンをふたつ重ねたみたいに肌を合わせ、絶頂の余韻に漂った。

それは、日頃の苦労やつらさがすべてどうでもよくなるほどの、平和で心地よいひとときであった。

3

例のクレーマーが、また会社に来た。

「どうされますか？」

部下の女子社員が心配そうに訊ねる。幸輔は平然と、

「私が対応するから、小会議室に通してもらえるかな」

と告げた。

そこはちょっとしたミーティング用の小部屋である。大きめの食卓ぐらいのテーブルとホワイトボード、あとは椅子があるだけの簡素なところだ。

取引先などの大切な来訪者は応接室に通すが、クレーマーなんかのために使うのは勿体ない。小会議室で充分だ。

そして、すぐにはそちらに向かわず、手元の作業を終えてから、

「さてと」

幸輔はデスクを離れ、ゆっくりした足取りでクレーマーの待つ部屋に向かった。

普段は電話をかけてくるあいつが、会社に来たのはこれが二度目だ。いよいよ調子に乗ってきたと見える。

これまでは電話であっても、相手をするのは気が重かった。しかし、今日は違う。何を言われても受けて立ってやると、いっそ挑発的な気分であった。

ドアを開けて小会議室に入ると、テーブルの向こう側でクレーマーがふんぞり返っていた。苛立ちをあからさまにして。

「お待たせしました」

心にもない挨拶をして、向かいに腰を下ろす。

テーブルの上には、我が社の商品があった。発売されて間もないオーブントースターである。多機能ながら低価格で、好評を博していた。

すでに箱から出されて剝き身のそれは、いくつかの部品が脇にある。分解したのは確実だ。

「お客様対応に問題があってはならないので、会話は録音させていただきます」

ボイスレコーダーをテーブルに置いても、クレーマーは「フン」と鼻を鳴らしたのみ。待たされて気が立っている様子である。

「それで、本日はどのようなご用件でしょうか？」

作り笑いで訊ねたことで、敵はますます憤ったらしい。

「どのようなもクソもあるものか。これは欠陥品じゃないか」

クレーマーが身を乗り出して文句をつける。

買ったばかりなのに動きがおかしいから分解してみたら、うんともすんとも言わなくなった。おまけに部品がしっかり嵌まらない。新品のちゃんとしたものと交換しろと要求を述べた。

いつもの苦情と大差ないいちゃもんに、幸輔はやれやれとあきれた。こいつはまともな教育を受けていないんだなと、完全に見下げていた。

「動きがおかしいとは、具体的にどのような症状だったのでしょうか？」

質問すると、

「おかしいからおかしいと言ってるんだ」

子供の喧嘩みたいな反論をする。

「ですから具体的にお願いします。たとえば、電熱線が熱くならず、トーストが焼けなかったとか」

「焼いたらパンが焦げたよ」

「設定時間はお勧めのとおりにされたのでしょうか」

「なんだよ、お勧めって」

今回は説明書を読まなかったのが明白だ。というより、ダイヤル部分にトーストとかピザといった食品の表示があるので、馬鹿でも使えるのである。

「ようするに、満足いくように焼けなかったので分解したと」

「そうだよ」

「取扱説明書の最初に禁止事項として、分解など決してなさらぬようにと書いてあるのですが、お読みにならなかったのですか？」

「あん？　たかがオープントースターを使うのに、いちいち説明書なんか読むわけねえだろ。だいたい、おれが金を出して買ったものだ。どうしようがおれの勝手じゃねえか」

もはや相手をするだけ無駄だ。幸輔は立ち上がり、

「お引き取りください」

告げるなり、クレーマーの目が点になった。

「は？　今なんて――」

「わかりませんか？　帰ってくださいと申し上げました」

これに、彼の顔がたちまち紅潮する。

「か、か、帰れだと？　きゃ、客に向かって、なんて言いぐさだ！」

声を荒らげながらも、クレーマーは腰が引けているように見える。これまでになく毅然《きぜん》とした態度を取られ、うろたえているのが窺えた。

「我が社の製品を正しく使用せず、おまけに分解した挙げ句に欠陥品だと酷い中傷をする方は、お客様とは認められません。これ以上お話をするつもりはありませんので、その商品を持ってお帰りください」

「持って帰る……いや、新しいものと取り替えろよ」

「分解したものは保証対象外となります」

きっぱり拒まれ、かえって引き下がれなくなったらしい。負けられないと思ったか、怒り心頭の顔で向こうも立ちあがった。

「おい、いい加減にしろよ。こっちはわざわざ会社まで来てやったっていうのに、追い返すつもりなのか？　ふざけるな！　ちゃんとした商品と取り替えるまで、てこでも動かねえからな」

ここまで喧嘩腰で来られたら、これまでの幸輔は仕方なく言いなりになったところである。しかし、もう昔とは違うのだ。

「恫喝《どうかつ》ですか？　けっこうです。では、こちらも法的措置を執《と》らせていただきます」

努めて冷静に述べることで、クレーマー男はギョッとした顔を見せた。

「なな、なんだ、法的措置って」

「今回もそうですし、過去の苦情電話なども常識からかなりはずれております。それによって当方の業務を妨害するのは、犯罪行為以外の何ものでもありません。我が社の法務部や、顧問弁護士とも相談して、あなたを告発します。刑事と民事のそれぞれで、罪を償《つぐな》っていただきましょう」

「お前、客を脅すつもりか？」

「脅しているのはそちらでしょう。なお、会社とは別に、私個人でもあなたを訴えるつもりです。嫌がらせでしかないクレームに対応することで、私は本来しなければならないお客様への対応ができず、精神的な苦痛を味わいました。よって、損害賠償金はかなり高額になるはずですので、覚悟しておいてください」

男の顔が赤くなったり青くなったり、まるで信号機だ。幸輔が一歩も引かずに訴訟を口にしたことで、さすがに分が悪いと悟ったようだ。

「何か言いたいことはありますか？」

問いかけに答えることなく、彼は崩れるように椅子に坐った。がっくりとうな垂れ、それから震え出す。

「か……勘弁してください」

蚊の鳴くような謝罪が聞こえた。

クレーマー男が帰ったあと、部下の女子社員が驚いた顔で小会議室にやって来た。

「追っ払ったんですか？　あのクレーマー」

「ひと聞きの悪いことを言わないでくれ。追っ払ったんじゃなく、丁寧に説明してお帰りいただいたんだよ」

「でも、泣いてましたよ」

彼は幸輔に何度も頭を下げ、二度とこんなことはしないから、どうか訴えるのは勘弁してくれと、涙を浮かべて懇願したのだ。そこで、訴訟はとりあえず保留し、約束をちゃんと守るのであれば再考すると告げた。

「きっと自分の過ちに気がついて、心から反省したんだろう」

他人事のように答えると、女子社員は感心した面持ちでうなずいた。

「すごいですね、品川主査。あんなしつこいクレーマーを簡単に撃退しちゃうなんて」

「これまで甘やかしてきたから増長したんだ。それは私のせいでもあるから、要は後始末をしたってことさ」

「へえ……見直しました」

「え？」

「品川主査って、意外と男らしいんですね」

惚れ惚れした顔つきで言われて、背中がくすぐったくなる。

「意外は余計だよ」

「あ、すみません」

「さあ、ちゃんとしたお客様の苦情に対処しないとね。私たちの仕事に終わりはないんだから」

「はい、わかりました」

女子社員と一緒にオフィスへ戻る。デスクに着いて次の案件を確認しながら、幸輔は自身の変化を改めて嚙み締めた。

(おれが変われたのは、木元さんのおかげだ……)

あの夜が、新しい自分を生み出してくれたのである。いや、目覚めさせてくれたと言うべきか。

社長秘書である社内でも有名な美女と深い仲になり、男としての自信がついたのは確かだ。そればかりでなく、マゾっ子の彼女を責め苛んだことで、屈服させることの歓びも味わった。

クレーマーになんか遠慮せず、こちらも言いたいことを言えばいい。そんな心境になれたのは、芽久美と一夜を過ごしたからである。

あの晩、中出しセックスのあと、ふたりでシャワーを浴びた。

彼女に甲斐甲斐しく洗われたこともあり、幸輔は二度目の復活を遂げた。芽久美のほうもその気になり、またもスパンキングをねだる。同時にピストン運動で蜜窟も抉《えぐ》り、美しい秘書は何度も昇りつめた。

かくして夜中まで悦楽行為に耽溺し、そのまま芽久美の部屋に泊まった。翌朝も出社前に交わったから、半日も一緒にいたわけだ。

そこまで充実した時間を過ごせば、怖いものなんてなくなる。クレーマーどんと来いと言えるところまで、いい意味で開き直れた。

だからこそ、今日はあそこまで堂々としていられたのである。会社として訴訟を考えているなんて、事実ではないことも口にして。

何にせよ、天敵のクレーマーをうまく追い払えたことで、何でもできそうな気がしてくる。

(木元さんを誘ってみようかな)

あの日、ふたりは連絡先を交換した。けれど、三日ほど過ぎた現在、まだ連絡を取っていない。

やはり社長秘書ということで、遠慮してしまったのだ。肉体関係を持ったあとも、高嶺《たかね》の花であることに変わりはない。

しかし、今日は懸念が払拭された、謂《い》わば記念日。是非とも祝杯をあげたいし、ならばひとりよりもふたりがいい。

（よし、そうしよう）

　幸輔はスマホを取り出すと、芽久美にメールを送った。

4

「品川さんは、もう心配いらないみたいですね」

　いやしますか課のオフィス。瑠奈の報告に、さつきは「そうね」とうなずいた。

「以前よりもバリバリ働いてるっていうのは、わたしも聞いたわ。ひとが変わったみたいだって」

「でも、思いやりがあって優しいところは、前といっしょみたいですよ。同僚や部下からちゃんと慕われているそうですし」

「ようするに、いい方向で変わったってことかしら」

　さつきが言うと、瑠奈が首をかしげた。

「変わったんですかね？」

「え、違うの？」

「あたしも、そうなってくれればいいと思って、木元さんをあてがったんです。誰に対しても強く出られるようにって」

あの日、男の扮装をして芽久美に痴漢をはたらいたのは瑠奈である。もちろん、芽久美と綿密に打ち合わせをして。

マゾっ子の彼女は計略を持ちかけると、ふたつ返事で協力してくれた。目的はもちろんスパンキングと、男に支配されるセックスである。要は利害が一致したのだ。

「だけど、品川さんは変わったっていうより、本性が出てきたって言うべきかも」

そう述べてから、彼女は意味ありげに口角を持ちあげた。

「まあ、あくまでも夜の生活に関してですけど。品川さん、あれでかなりSみたいですから」

「え、見たの？」

「まさか。木元さんに聞いたんです。磁石のNとSみたいに趣味がぴったり合うから、ふたりともうまくやってるみたいですよ」

さつきはやれやれと肩をすくめ、ため息をついた。

「そのせいで、社長からクレームがあったんだけどね。木元さん、近頃ミスが多くなったって。仕事に身が入っていないみたいよ」

「それだけ品川さんに可愛がられてるってことですよ。お互いの部屋に行き来して、半同棲みたいになってるって話ですから。仕事に身が入らないぐらいに、エッチがハゲしいんでしょうね」

「他人事みたいに言わないの」

さつきに注意され、瑠奈はチロッと舌を出した。

「でも、秘書課って寿《ことぶき》退社が一番多い部署じゃないですか。木元さんがそうなっても仕方ないんじゃないですか？」

「社長は彼女に辞めてもらいたくないようだけど。ミスはあっても仕事のできる子だから」

「まあ、なるようにしかならないから、諦めるしかないですね」

現実的なギャル部下に、さつきは眉をひそめた。もっとも、確かに彼女の言うとおりなのである。

（……品川さんの件がうまくいったんだし、しょうがないわよね）

少なくとも会社にとってはプラスだったのだ。二兎を追う者は一兎をも得ずと言うし、どちらも手に入れたいと願うのは贅沢というもの。

「とにかく、品川さんと木元さんのふたりにとってもいい結果を迎えたわけだし、社長には納得してもらうしかないわね」

「そうですよ。あたしたちのおかげでうまくいったって、実績としてちゃんと認めてくれなくっちゃ。あと、お手当にも反映してもらわないと」

現代っ子らしい物言いに苦笑しつつ、

「ところで、渋野《しぶの》さんの件は調査が進んでるの？」

訊ねると、瑠奈が顔をしかめた。

「本人を取り巻く状況は摑めました。でも、どうしようもないって感じですね」

「え、どうして？」

「対処方法が見つからないんです。何をどうしても無理っぽくて」

実行前からお手上げだなんて。アイディアマンの彼女にしては珍しい。

次の対象者は渋野聡之《さとゆき》。営業部、営業二課の課長だ。四十三歳で、さつきが筆おろしをした拓人の上司である。

中間管理職ということで、苦労が多いらしい。部下と部長のあいだで板挟みになりがちだし、会社に遅くまで残っても、管理監督者ということで残業代が出ない。

それでも、ひと一倍責任感の強い彼は、休日出勤も厭《いと》わないそうだ。基本的に真面目な人間だとのこと。

ならば苦労が報われてほしいところだが、内憂外患とはよく言ったもの。瑠奈の調査によると、家庭にも問題が生じているという。

とは言え、何か深刻な事態に陥っているわけではない。仕事第一で休みも犠牲にするため妻に文句を言われ、年頃の娘は反抗期。と、どこの家庭でもありそうな話だ。

しかしながら、家族のためにと懸命に働いている聡之には、妻や娘に冷たくされるのは何よりも堪えるらしい。ストレスが溜まり、いつ爆発してもおかしくない危険な状態にあるそうだ。

真面目な人間ほど発散できず、あらゆることを自分の中で処理しようとする。そのため、ギリギリまで我慢するし、もしも爆発したら、それすなわち終わりを意味する。

確かに、すんなり解決するのは難しそうだ。何らかの方法で本人を癒やしても、妻と娘の態度が変わらなければ、ストレスは溜まる一方だろう。

かと言って、仕事のストレス軽減で課長から降格させたら、本人が凹むのは目に見えている。逆に昇進させるのも、上の世代がつかえているから簡単ではない。

よって、瑠奈が匙《さじ》を投げるのも、無理からぬことである。

「童貞の町田クンや、品川さんと違って、女をあてがえば解決するような問題じゃないんですよね」

彼女の言葉に、さつきは「んー」と首を捻った。

「だけど、何て言うんだろ。真面目なひとには、ヘタにストレスを発散させるよりもいい方法がある気がするんだけど」

「どうするんですか？」

「たとえば、かつてのときめきとか、夢を抱いていた若い頃のがむしゃらな気持ちなんかを思い出したら、へこたれることなく頑張れるようになるんじゃないかしら」

「へえ。そういう心境って、あたしにはピンと来ませんけど」

瑠奈はまだ若いのだ。理解できないのも当然である。さつきだって、そこまで男心がわかっているわけではない。

とにかく、どうすればいいのだろうと聡之のプロフィールを見返していたら、あることに気がついた。

「そっか……うん。この件は、社長にお願いしてみるわ」

「え、社長に？」

ギャル社員が怪訝な面持ちを浮かべる。無理です、できませんと直訴し、白旗を揚げるつもりなのかと思ったのではないか。

もちろん、そんなつもりは毛頭ない。さつきはいやします課の責任者として、悩んでいる社員を放っておくわけにはいかなかった。

「たぶん、社長なら対処方法がわかると思うのよ」

「それって、他の部署に異動させるとか？」

「ううん。渋野さん自身を変えるの」

訳がわからず、瑠奈は目をぱちくりさせた。

5

飲み会になんか参加している場合ではない。仕事があるし、遅くなったらまた妻が不機嫌になる。聡之はそう思っていた。

ところが、同期で飲むのは久しぶりだし、たまにはいいだろうと仲のよい友人に押し切られる。そのため、渋々ながら出ることになった。

『ものすごく意外なやつが来るから、楽しみにしてろよ』

そう言われて、気になったためもある。

当日、会場である居酒屋で、聡之は同期の仲間たちと旧交を温めた。そのとき、少し遅れてやって来た人物を目にして、かなり驚いた。

なぜなら、芝電の現社長、秋葉真梨そのひとだったからである。

（社長がどうしてここに？）

もっとも、彼女は聡之たちの同期なのである。

会社のあらゆる業務を理解せずに、トップに立てるはずがない。先代社長からそう言われ、ひとり娘の真梨は一社員として芝電に入社する試練に挑んだ。

彼女は森下《もりした》真梨と別の姓を名乗り——母親の旧姓とのこと——素性を明かすことなく、同期の聡之たちと切磋琢磨したのである。重役たちですら、彼女の正体を知らなかったそうだ。

真梨はめきめきと頭角を現した。同期の出世頭であり、三十代にして課長部長を経て、取締役にまでなったのだ。

女性でそこまで躍進したら、普通はやっかまれるもの。けれど、誰もが認める実力を伴っていたために、どこからも異論は出なかった。

先代からバトンタッチされて二代目社長に就任したとき、彼女が何者であったのかを、全社員が知ることとなった。仰天しながらも、会社が今後も発展することを、みんなが信じた。経営者としての手腕ばかりでなく、人柄も素晴らしいと、誰もが称賛する人物だったからだ。

社長になってからも、真梨は気さくだった。特に同期と顔を合わせたときには、以前と変わらず声をかけてきた。

最初の頃は、話しかけられたほうは恐縮し、とても昔のようには喋れなかった。けれど、以前のまま打ち解け合うようになるのに、時間はかからなかった。

それにしても、まさか同期の飲み会にまで参加するなんて。彼女が取締役に昇進したあと、初めてのことであった。

四十路《よそじ》を過ぎていても、真梨は若々しかった。それに、相変わらず美人である。

実際、秘書の芽久美が隣にいても遜色《そんしょく》がないのだ。むしろ成熟した色気があるぶん、女としての魅力は優っているのではないか。

そんな彼女を久しぶりに間近で見て、聡之は落ち着かなかった。なぜなら、入社したときにひと目惚れしたからである。

正直、最初は美貌に惹かれた。それは事実。だが、努力家で、仕事ができるのに決して偉ぶらない性格の良さにも惹かれ、恋慕の情がどんどん強まった。

しかしながら、真梨と自分では、あまりに格が違いすぎた。

経理や総務といった社内対応以外の部署を、腕試しでもするみたいに渡り歩いた彼女は、すべてで才能と実力を認められたのだ。とても敵わないという気になり、恋心はいつしか敬意へと変化した。

そのうち、真梨はやはり才覚のある年上の社員と結婚した。聡之も、親戚に紹介された娘と華燭の典を挙げた。

のちに、彼女が社長の娘で、会社を引き継ぐことがわかったとき、驚いたのと同時に納得もしたのである。まさに社長の器であると。

もしも真梨との恋が成就していたら、自分も重役ぐらいにはなれたかもしれない。聡之はそんなふうに考えたこともあった。

だが、生真面目なだけで平凡な自分など、社長の夫の座は荷が重すぎる。いずれ潰されてしまうだろう。

そうとわかりつつも、真梨を前にすると妙にドキドキするのはなぜなのか。まだ恋心が消えていないのだろうか。妻がいて、娘も成長したというのに。

「では、出世頭が到着したところで、改めて乾杯」

幹事の音頭で全員がグラスを掲げる。乾杯の発声のあとで、

「いや、出世頭は違うだろう」

と、他のメンツからツッコミが入った。

「社長になるのは、最初から決まっていたんだし」

「あら、そんなことないわよ。父さん——前社長は、仕事ができないやつは遠慮なく切り捨てるって言ってたんだから。わたしも必死だったのよ」

真梨が笑顔で反論する。屈託のないところは以前と一緒だ。

「そうだな。ちゃんと結果を出せたんだから、森下——じゃなかった、秋葉社長は立派だよ」

「あら、わざわざ言い直さなくても、森下でいいのに」

「確かに、昔の呼び名のほうが言いやすいよな。それに、秋葉って呼び捨てにするのは気が引けるし」

真梨の夫は婿養子で、彼女は本来の秋葉姓のままである。ただ、仲間内では入社以来の呼び方でとおっていた。

小さな会社ならいざ知らず、今や芝電は、国内でも有数の大企業だ。社長が社員たちと酒を酌み交わすなど、前代未聞であろう。

そういうことを自然にやってのけられるのは、彼女の寛大な人間性に依《よ》るところが大きかった。

同期の女子はほとんど寿退社して、この飲み会にも女は真梨ひとり。なのに、会社からひとりで駆けつけ、男ばかりの中で対等に会話している。

（まったく、敵わないな……）

あまりにもできる人間だから、近くにいても遠く感じる。

気が置けない飲み会にもかかわらず、聡之だけは妙に乗れなかった。それはきっと、真梨が彼の隣にいたためだろう。

「渋野君、何だかおとなしいね」

急に話しかけられ、聡之は飲みかけのビールを噴き出すところであった。

「そそ、そ、そうかな？」

「うん。あまり話もしてないし」

言ってから、真梨が寂しそうに目を伏せる。

「ひょっとして、わたしが横にいるから気を遣って、楽しめないのかな？」

「そんなことないよ。むしろ、森下が近くにいてうれし――」

つい本音が洩れそうになり、慌ててかぶりを振る。

「ず、ずっと話してなかったから、ちょっと緊張してるだけだよ」

「同期なのに、緊張しなくてもいいでしょ」

むくれ顔をされ、聡之は（まずかったな）と頭を掻いた。彼女の隣にいると、何も知らなかった純情な頃に戻った気にさせられる。

実際、入社当初は、聡之はまだ童貞だったのだ。

「ところで、仕事は順調？」

唐突な質問に、聡之はうろたえた。近頃ストレス過多で、何もかもうまくいっていない気がするのを、見抜かれたと思ったのだ。

「ああ、ええと、まあまあかな」

「ほんとに？」

心の内を覗き込むような、やけに迫ってくる視線。聡之は嘘がつけなくなった。

「いや、正直なところ、けっこう苦労してるかも」

曖昧な言い回しながらも、正直な心境を述べる。すると、真梨が小さくうなずいた。

「あのね、わたし、もう少ししたらここを出るの」

言われて、聡之はがっかりした。ようやく言葉を交わせたのだから、まだまだ話したかったのだ。

(まあ、でも、忙しいんだろうし)

社長と一般の社員とでは、仕事の量も質も違う。飲み会で長い時間を過ごせるはずがない。

「うん……もっといっしょにいたかったけど」

今度は素直に本音が出せた。アルコールが入ったおかげもあるのだろうか。

「実は、わたしもなの」

「え？」

「渋野君は、最後まで愉しんで。それで、終わったらここに来てほしいの」

他のみんなに気づかれないよう、真梨がそっとメモを渡してくる。チラッと見ただけだが、ホテルの名前とルームナンバーだった。

「わたし、今夜はここに泊まるんだ。部屋で飲み直したいから、絶対に来てよ。もちろん、他のみんなには内緒で」

どこか思い詰めたような眼差しに、聡之は息苦しさを覚えた。

第四章　熟女社長としっぽり

1

（だけど、どうしておれなんだ……？）

その疑問が、頭の中で延々と渦を巻き続ける。おかげで、居酒屋で二時間近く過ごし、しこたま飲んだはずなのに、聡之は少しも酔った気がしなかった。

『待ってるから――』

その言葉も、耳の奥に残っている。真梨はホテル名の書かれたメモを渡したあと、テーブルの下で聡之の手を強く握り、そう囁いたのである。

もともと同期の間柄だし、ふたりで飲むぐらいなら、特に責められることではない。けれど、場所がホテルの部屋となれば、話は別だ。

なぜなら、ふたりとも別のパートナーと結婚しているのである。

仮に自分たちが芸能人で、ふたりでホテルに入る写真を週刊誌に撮られようものなら、間違いなく不倫だと非難され、大騒ぎになる。つまり、仮に何も起こらなかったとしても、世間はそういうふうに見るのだ。

(――いや、仮にって何だよ?)

それではまるで、本当に妙なことをするつもりでいるみたいではないか。

正直なところ、聡之の心はかなり揺れていた。好きだった異性から、ふたりで飲もうと誘われたのである。

しかも、ホテルの部屋で。

いけないとわかっていても、色めいた展開を期待せずにいられない。誘われたら、断れる自信はなかった。

ただ、真梨の本心がわからない。彼女のほうは深い意味もなく、本当に飲むだけで済ませるつもりかもしれないのだ。

というより、仕事上の悩みを聞くことが、本当の目的なのではないか。現に、仕事は順調なのかと訊かれ、苦労していると答えたあとで誘われたのである。

つまり、同期だから誘われたわけではなく、悩みを抱えた社員を会社のトップとして放っておけないと、謂わばカウンセリングをするつもりで読んだのかもしれない。実際、あの場で心から愉しめずにいたのは、自分だけだった。真梨もそれに気がついて、相談に乗る必要があると見なしたのではないか。

（……うん。きっとそうだな）

最もあり得そうな理由に行き着き、聡之はホッとした。そんなこともわからずに、真梨が待つ部屋を訪れようものなら、頭に血が昇って襲いかかった恐れがある。過ちを犯す前に気がついてよかった。それに、聡明な彼女なら、きっと悩みから救い出してくれるだろう。

どう話せばいいかなと頭の中で組立てながら、聡之はホテルのエレベータに乗り込んだ。

真梨が泊まっているのは最上階の部屋だった。

星がいくつつくのか知らないが、広く名前の知られた高級ホテルである。十人以上も楽に乗れるエレベータを降りた先は広い廊下で、厚みのあるカーペットにも格式が感じられた。

（ひょっとして、スイートルームとか？）

大企業の社長なら、そういう部屋に泊まってもおかしくない。いや、むしろそうあるべきだろう。

しかし、そんな場所に自分が招かれるのは、あまりに分不相応である。緊張して、何もしゃべれなくなるのではないか。

その懸念は、幸いにも現実にならなかった。

呼び鈴を押すと、さして間を置かずにドアが開けられる。にこやかに迎えてくれた真梨は、バスローブ姿であった。頭にはタオルを巻いている。

「いらっしゃい」

屈託のない笑顔に安堵する反面、プライベートそのものという格好にどぎまぎする。スキンケアのあとらしき肌はツヤツヤしていた。

(シャワーを浴びたんだな)

いったい何のためにと考えて、落ち着かなくなる。ということは、このままベッドに直行かと、またもあられもない想像が頭をもたげた。

「お、おじゃまいたします」

同期なのに堅苦しい挨拶をしたのは、狼狽していた証《あかし》でもあった。

「なあに、他人行儀に」

あきれた面持ちを見せながらも、彼女が招き入れてくれる。

部屋はスイートルームではなかった。ソファーとテーブル、大きめの冷蔵庫と、酒の並んだサイドボードもあるが、要は広いツインルームである。もっとも、ベッドはふたつとも大きかった。

「じゃあ、渋野君もシャワーを浴びてきて」

「え？」

「そのあいだに、お酒の準備をしておくわ。あ、洗面所にバスローブが置いてあるから、それを使ってね」

「いや、あの」

「バスルームはあっちよ。ゆっくりしたいのなら、お風呂に入っていいからね」

ほとんど急きたてられるようにして、聡之は部屋の奥側にあったバスルームに足を進めた。

入ってすぐが洗面所兼脱衣スペース。左右にドアがあり、浴室とトイレの表示があった。

ほのかに漂う甘い香りは、真梨がここにいた名残だろう。使用済みのバスタオルなどが、隅のボックスに入れてある。ひょっとして脱いだ下着もあるのではと手をのばしかけ、

（――て、何を考えてるんだよ）

自らを叱りつける。酔って理性を失っているというのか。

こんなことでは真梨に襲いかかってしまうかもしれない。正気になるため、頭に冷水でも浴びたほうがよさそうだ。

などと思いながら、結局は普通にお湯を浴びたのだが。それでも、幾ぶんすっきりしたのは確かである。

ボクサーブリーフのみを穿いて、バスローブを身にまとう。自分ひとりなら下着などつけないが、女性が一緒だとそうはいかない。何かの拍子に裾がはだける恐れがあるからだ。

部屋に戻ると、真梨がソファーに腰掛けていた。前のテーブルには氷とグラス、洋酒の瓶が並んでいる。

「あ――お、お待たせしました」

またも他人行儀な挨拶をして睨まれる。

「もう……ほら、坐って」

手招きされ、聡之は急いで彼女のほうに進んだ。

ソファーはふたり掛けとひとり掛けがひとつずつある。真梨はふたり掛けのほうに坐っていた。

聡之ははす向かいのひとり掛けに坐ろうとしたのである。ところが、

「ダメよ。こっち」

と、真梨が隣をポンポンと叩く。並んで坐れということなのか。

ふたり掛けだから、密着とまでいかずともかなり近い。肉体関係を持たなくても、不倫と断罪される距離だ。

（いいのかよ……）

ためらいはあっても、彼女と近づきたい気持ちには抗えない。社長命令は絶対なのだと、社畜根性を弁明にして隣に腰掛けた。

「わっ」

思わず声が洩れたのは、ソファーがびっくりするぐらい軟らかで、尻が深く沈み込んだからだ。上半身が傾き、あやうく真梨にぶつかりそうになった。

足を踏ん張ってどうにか堪えたのを、彼女は知って知らずか、

「うん。このほうが話しやすいわ」

すまし顔でさらりと言う。酒を飲むことではなく、会話がそもそもの目的であったかのように。

それでも、ちゃんと水割りを作って、グラスを前に置いてくれる。

「それじゃ乾杯」

「あ、うん」

戸惑いつつもグラスを触れあわせ、ゴクゴクと喉を鳴らす。飲んで落ち着こうとしたのである。

「へえ、いい飲みっぷりね」

感心した面持ちでうなずいた真梨が、すぐさま酒とミネラルウォーターを追加してくれた。

(……社長に酒をつくらせる社員なんて、おれぐらいのものだろうな)

それから、ホテルの部屋でくつろいだ姿になり、ふたりっきりで過ごすのも。単なる同期の間柄だった昔とは違って、彼女は遥か上の存在となり、立場が完全に異なっているのである。

そんなことを考えたら、この状況が気詰まりに思えてくる。おちついて飲める心境ではなくなり、来るんじゃなかったと今さら後悔した。

一方で、女社長から漂う蠱惑的な甘い香りに、鳩尾《みぞおち》のあたりが疼いていたのだ。

「ちょっとは落ち着いた?」

小首をかしげて訊ねられ、ドキッとする。心の内を見透かされたのかと思った。

「え、何が？」

「来たときから、やけに緊張してたみたいだったし」

表情や様子から察しただけらしい。

「そりゃまあ。社長とふたりっきりで飲むんだし、緊張しないほうがおかしいよ」

彼女に合わせて言葉遣いこそ昔に戻れても、完全に心を許したわけではない。身分の差は如何ともし難かった。

すると、真梨が小さくため息をこぼす。目を伏せて、手にしたグラスをじっと見つめた。

「……そういうのって寂しいな」

ポツリとつぶやく。

「え？」

「わたしは、昔と変わってないつもりでいるのに、周りが変わっちゃうの。何だか、わたしだけひとりぼっちで取り残されていくみたい」

最初から社長として接していた者ならいざ知らず、気が置けない間柄だった同期にまで余所余所しい態度を取られたら、たしかにそんな気持ちになるだろう。

「あ、うん……ごめん」

「渋野君にも、もうちょっと普通に接してほしいな」

「わかった。そうするよ」

答えてから、

(あれ、待てよ?)

聡之は眉根を寄せた。

今はいい大人になったし、夫であり父親でもある。営業部で鍛えられたこともあって、相手に合わせた言葉遣いは難なくできる。

しかし、昔はこうではなかった。

初対面で惚れたせいで、真梨と気安く言葉を交わせたことなど皆無だ。それこそ、タメ口の会話をした記憶もない。何しろ真っ新《まさら》のチェリーだったのだから。

あるいは、彼女は自分を、同期の誰かと間違えているのか。いや、ホテルの部屋に誘ったぐらいだし、誰なのかちゃんとわかっているはず。

(まあ、周りが変わったっていうのは、あくまでも一般論なんだろう)

そういう人間が多いから、もっと気安く接してほしいということなのだ。結論づけ、聡之は遠慮のないやりとりを実践することにした。

「じゃあ、呼び方も森下にしたほうがいいかな」

提案すると、真梨はちょっと考えて、

「下の名前にしてちょうだい」

と、別の呼び方を要請した。

「下の名前……ま、真梨さんって？」

「さん付けなんてしなくていいわ。呼び捨てにして。わたしも聡之君って呼ぶことにするから」

社長をファーストネームで呼び捨てだなんて畏《おそ》れ多い。断ろうとしたものの、

「ほら、呼んでみて。真梨って」

強く促され、拒めなくなる。

「……真梨」

思い切って口に出すなり、全身に甘美なものが満ちた。

ひと目ぼれした相手である。いつかは恋仲になって、気安く呼び合う場面を何度夢想しただろうか。

恋こそ成就しなかったが、それが現実のものになったのだ。

「よくできました」

笑顔で言われて嬉しくなる。時を遡《さかのぼ》り、若い頃に戻ったみたいな気分にもなった。

おかげで、会話もスムーズになる。

「真梨はこういうホテルって、よく泊まるの？」

「よくってわけじゃないけど、たまに。家に帰ってもどうせひとりだし、ホテルなら後始末を全部やってくれるでしょ。洗い物も掃除もいらなくて楽ちんだから」

あれ、旦那さんはと言いかけて思い出す。彼女の夫は、現在海外にいるのだ。

「中国の支社長だったよね、旦那さん。そうすると、滅多に帰ってこられないのか」

「そういうこと。まあ、来年には重役の誰かと交代する予定だし、独身を謳歌《おうか》できるのは今年だけね」

「確かに謳歌してるみたいだね」

厭味《いやみ》のつもりはなかったのだが、真梨が不満げな流し目をくれる。

「社長と妻の両立って、けっこう大変なんだけど。できるときぐらい、ハメをはずしてもかまわないでしょ」

「あ、うん」

「わたしのことはともかく、聡之君はどうなの？」

「え、どうって？」

「うまくいってる？　仕事もプライベートも」

問いかけに、聡之はぐっと返答に詰まった。

「さっきお店で、けっこう苦労してるって、わたしに教えてくれたよね。もう少し詳しく教えてくれない？」

「いや、おれは」

「ふたりで考えたら、いい解決方法が見つかるかもしれないでしょ」

真剣な面持ちで言われ、聡之はようやく理解した。自分がここに呼ばれた理由を。

(真梨は、おれのことを心配してくれてるんだ――)

同期としてなのか、それとも社長として社員を気にかけているのかはわからない。そもそも、何もかもうまくいかなくてストレスを抱えていたのを、広く吹聴していたわけではなかった。すべて自分の中で処理しようとしたのである。

そのせいで、つまらないミスが増えていたのは事実。だが、そんな話が上にまで伝わるとは思えないから、居酒屋での短い邂逅で察してくれたのだろう。

やっぱりすごい人間なのだと、改めて真梨に敬意を抱く。社長になれたのも当然なのだ。

彼女はグラスをテーブルに置くと、手をそっとこちらにのばした。両手で包み込むように頬を撫でられ、胸が壊れそうに高鳴る。

同時に、心から安心できるのを感じた。

「さ、話してちょうだい」

囁き声で言われ、「わかった」と返答する。手がはずされたのは残念だったが、隣に坐った愛《いと》しいひとに、初めて正直な気持ちを伝えられる気がした。

もちろん恋心ではなく、自身の壊れそうな胸の内を。

「……課長になって、最初はまあまあ順調だったんだけど」

聡之は順を追って話した。

管理職としてしっかりやろうとしたが、次第に力不足なのを感じ、焦るようになった。これではいけないと、残業や休日出勤で取り戻そうとしたが、そのせいで妻の文句が増えた。娘が反抗期で、いちいち食って掛かられる不満を、夫にぶつけていた部分もあったようだ。

かくして、会社でも家でも圧力を感じ、集中力を欠くようになる。大きな失敗こそなかったが、つまらないミスで指示した部下に迷惑をかけたり、部長に注意されることも出てきた。

これではいけないと仕事を頑張っても、誰も味方になってくれない気がしてやり甲斐が持てない。自分が人間ではなく、あまり性能のよくないロボットのようだと感じることが増えてきた。

ストレスばかりが溜まって、発散もままならない。そんなとき、新人の男子社員が、ペアを組んだ中途採用のベテランと、うまくいってなかったことが発覚した。それも、新人社員がオフィスで暴露したことで。

そちらは彼の力量で速やかに解決されたものの、気づかずにいた自分を聡之は恥じた。あとでその新人に謝罪したところ、課長のせいじゃありませんからと逆に慰められた。だが、管理職として至らなかったのは事実。反省せずにいられなかった。

そんなこともあって、何をやってもうまくいかないという意識が、ますます強くなったのだ。

2

「そっか……ほんとに苦労してるんだね」

しみじみと共感され、聡之は瞼の裏が熱くなった。初めて優しい言葉をかけられ、不覚にも泣いてしまうところであった。

つまり、そこまで追い詰められていたのである。

「あのね、これはお世辞でも何でもなくて、聡之君の評価は高いんだよ。完璧とは言わないけれど、真面目で努力家だし、ミスがあってもちゃんと取り戻すから信頼できるって。わたしのところにも、そういう報告が届いてるの」

嘘ではないのだろうが、聡之は素直に喜べなかった。自己評価がかなり低くなっており、ただ慰められているように聞こえたのだ。

「いや、でも、ちゃんとできなきゃいけないのに成果が上がらないのは、おれが至らないせいなんだ」

「うん。そんな考えがよくないの」

「え?」

「聡之君は、営業二課の課長としてここまでやらなきゃいけない、できなきゃいけないってラインを、しっかり持ってると思うのね。だけど、それってあくまでもゴールであって、到達するまで時間がかかるのは当然なの。なのに、聡之君は真面目だから、スタートとゴールをいっしょにしちゃっているのよ」

言葉が胸にすとんと落ちる。好きだった女性に言われて、そうかもしれないと素直に納得できた。

「真面目なのはいいことだけど、それで自分の首を絞めたら元も子もないわ。もう少し誰かに甘えてもいいと思うんだけど」

　真梨が脚を組む。バスローブの裾がはだけて、片方の太腿がかなりのところまであらわになった。

（あ――）

　見たら失礼だと、慌てて視線を逸らす。そんな行動をじっと観察されていることにも気づかずに。

「ねえ、自分が困ったり、苦しんだりしてること、誰かに相談した？」

「……いや」

「やっぱりね。全部自分で抱え込んじゃってるんでしょ。相談したら、そのひとに迷惑がかかるとか考えて」

　図星だったから、聡之は無言で首肯した。

「だと思った。さっきの飲み会でも、聡之君はみんなの話を聞くばかりで、自分のことは何も話さなかったじゃない。愚痴りたいことがいっぱいあったんでしょうに」

「だけど、おれなんかのつまらない愚痴を聞かされたら、飲んでても楽しくないじゃないか」

「みんな愚痴しか言ってなかったけど。正直つまんないことばかり」

真梨はやれやれというふうに肩をすくめた。

「そうやって周りを気遣うばかりで、自分は全然救われていないことに、そろそろ気がついたら？　人間ってね、他人のことなんかほとんど考えてないの。自分がいちばん可愛いから。そんなひとたちのために身を削ってストレスを溜めるなんてバカバカしいわよ。もっとワガママになってもいいんだからね」

そうかもしれないと思いつつ、自分には無理だというのもわかっていた。何しろ、そういう性分なのだから。身勝手に振る舞ったらあとで悔やみ、いっそう落ち込むのは確実なのである。

唇をへの字にした聡之をじっと見つめ、真梨がふっと表情を和《やわ》らげる。

「性分だから無理って顔してる」

見抜かれて、聡之は狼狽した。彼女はどうして自分のことを、そこまで見抜けるのだろうか。

「まあ、いきなり性格を変えるのは無理だとしても、ちょっとずつ楽なやり方を見つけていったほうがいいわね。あと――」

真梨に手首を摑まれる。そのまま彼女のほうに引っ張られ、気がつけば手が剝き身の太腿に置かれていた。

(え、えっ!?)

いきなりだったから、軽いパニックに陥る。そのくせ、なめらかで柔らかい極上の感触に、うっとりもしたのである。

「正直に答えて。聡之君、わたしに黙ってることがあるでしょ」

真っ直ぐ目を見ての質問に、思わず息を呑む。いったい何のことか見当がつかなかったものの、

「ねえ、わたしのこと、どう思ってる？　ううん。どう思ってた？」

過去形で問われたことで理解する。これはもう、あのことしかない。

(てことは、気づいてたのか？)

今さら酔いが回ったようで、全身が熱くなる。頭も少しぼんやりしてきた。展開が予想外すぎて、ついていけないためもあったろう。

けれど、おかげで素直になった部分もある。いや、開き直ったと言うべきか。

「ちゃんと言って。わたしのこと、どう思っていたの？」

「……す——好きだったよ」

どうにか告白したことで、気持ちがすっと楽になる。胸のつかえが取れたと、そん

な感じもあった。

　そのため、あとは言葉がすらすらと出てくる。

「最初に会ったときから、ずっと好きだったんだ。こんなに素敵な女性は他にいないって。その気持ちは、今も変わってないよ」

「うん……ありがと」

　真梨がうなずく。照れくさそうにほほ笑み、

「そうじゃないかと思ってたんだ。教えてもらって、ようやくすっきりしたわ」

　聡之の想いに気がついていたことを打ち明けた。

「でも、どうしてあのとき、言ってくれなかったの？」

「そりゃ――おれと真梨とじゃ、あまりに違いすぎるというか」

「違うって？　わたしが社長の娘だって、知ってたわけじゃないでしょ」

「それは知らなかったけど、真梨は仕事ができたし、どこの部署でも結果を出して、どんどん先を走っていたじゃないか。とても追いつけないし、足手まといにしかならないなって諦めたんだ」

「そんな理由で？」

　あきれた顔を見せられ、聡之はかぶりを振った。

「いや、違うな。告白する勇気がなかったんだよ。自分に自信がなかったのは本当だし、男として未熟だと思ってたからさ」

「未熟？」

「女性経験がなかったってこと」

そこまで白状して、さすがに顔が熱くなる。すると、真梨が不服そうに頬をふくらませた。

「わたしだって、あの頃は処女だったけど」

大胆な告白に、軽い目眩《めまい》を覚える。思い込みで何もかも諦め、人生を損した気にさせられた。

「じゃあ、おれが告白したら、付き合ってくれたってこと？」

期待を込めて訊ねると、

「それはわからないわ」

あっさりはぐらかされてしまった。

「あの頃は仕事や会社のことしか頭になかったし、仮に付き合ったとしても、結婚するまで続いたかどうかなんて神様でも知らないでしょうね」

確かにそうだなと、聡之はうなずいた。

「もちろん、結婚した可能性だってあるわけだけど。ただ、何パーセントか何十パーセントかあったその可能性を、聡之君がゼロにしちゃったの。わたしに何も確かめず、自分だけの判断で」

痛いところを突かれて、唇を歪める。反論などできなかった。

「わたしが結婚して、ショックだったの？」

「もちろんショックだったさ。ショックじゃなかったし。だけど、どうしようもなかったし」

「ただ指を咥えて見てたってこと？」

「そういうわけじゃないけど、このままじゃいけないと思ったから、風俗で童貞を捨てたよ。ちょっとでも度胸がつくようにって」

勢いで恥ずかしい過去を暴露すると、真梨が頬を緩めた。

「そんなふうに考えるのって、いかにも聡之君らしいよね。真面目すぎるっていうか。やったことは不真面目だけど」

「おれなりに考えてのことだったんだ」

「奥さんとはどこで知り合ったの？」

「親戚に紹介されたんだ。そろそろ身を固めろって。会ったら悪くなかったし、結婚すれば仕事にも張り合いが出ると思ったから、けっこう早く決まったよ」

「ふうん」

うなずいた真梨が遠い目をした。

「じゃあ、わたしといっしょだ」

「え、いっしょ？」

「わたしがダンナと結婚したのだって、父さんの勧めだったんだもの。見込みがある男だからって」

同じように仕事ができる男を見初《みそ》め、恋愛で結ばれたと思っていた。

（そうだったのか……）

聡之の心中は複雑だった。遠い存在だと思っていた真梨が、実は自分とそう違わないとわかったからだ。

それこそ彼女が言ったとおり、結ばれた可能性だってあったのである。

「じゃあ、恋愛は？」

聡之が質問すると、自虐的な笑みが向けられる。

「学生時代のママゴトみたいなやつだけね。ダンナのことは好きだけど、夫婦っていうよりパートナーって感じ」

「そっか……おれも妻のことは、今は娘の母親ってふうにしか見ていないかも」

「それじゃあ、奥さんが不機嫌になるのも無理ないわ。女って、そういうのには敏感だから」

お説教されて、首を縮める。セックスレスであることも、彼女に見透かされている気がした。

するると、真梨が改まって問いかけてくる。

「後悔してる?」

「え?」

「わたしに告白しなかったこと」

少し考えてから、聡之は「うん」とうなずいた。彼女の気持ちを聞いたあとで卑怯かなと思いつつも、昔も今も好きであることに変わりはない。

「だけど、聡之君って、今も昔と同じような生き方をしてるわけじゃない。何もかも内に秘めて、誰にも本心を明かさないで。だから、何年か経って振り返ったとき、今日を後悔する日がきっと来るわ」

責める口調でも、自分のためを思っての言葉だとわかるから、素直に耳を傾けられる。本当にそうだなと納得もできた。

「イヤなことや不満があったら、遠慮なく言うの。でないと何も変わらないし、ますます苦しくなるだけよ」

「うん……わかった」

「約束して。これからは、何でもちゃんと正直に話すって」

「努力するよ」

前向きに答えると、真梨が安堵を浮かべる。身内でもないのに、ここまで心配してくれるなんて。どこまでできた女性なのか。

「じゃあ、わたしも不満を言わせてもらうわ。ていうか、今の正直な気持ちを」

唐突に主客が変わり、聡之は戸惑った。

「それって、おれへの不満？」

「まさか。わたし自身の不満」

どういうことかと次の言葉を待てば、むっちりした太腿に触れたままの手に、彼女の手が重ねられた。

「ダンナはもうずっと中国で、なかなか会えないの。ネット経由のミーティングはできるけど、アレは無理でしょ」

「アレ？」

「セックス」

露骨な単語を口にされ、聡之は固まった。自分がここに呼ばれたもうひとつの理由を悟ったためもある。

「わたしだって女なんだし、無条件に欲しくなることがあるの。だけど、立場上行きずりなんて無理だし、わたし自身も、ちゃんと想いの通じた相手とじゃなきゃしたくないわ」

「真梨……」

「わたしのことが今でも好きなら、抱いてくれるよね」

太腿の手が奥へと導かれる。

「約束したよね。正直になるって」

思い詰めた眼差しに勇気をもらう。女にここまで言わせておきながら、男が怖じ気づいてどうするというのだ。

「おれも、真梨を抱きたい」

「聡之君……」

黒い瞳は今にも泣きだしそうだ。

(まさか、本当にこんなことになるなんて)

現実なのに、夢を見ているかのようだ。

彼女はパンティを穿いていなかった。しっとりした秘毛が指に触れ、その真下は温かなもので濡れていた。

「あん」

真梨が甘い声を洩らす。熟れたボディがしなやかにくねった。

「ね、ベッドで」

潤んだ目でせがまれ、聡之は視界が狭まる奇妙な感覚を味わった。

3

ベッドに上がる前にバスローブを脱いだため、真梨は一糸まとわぬ姿。聡之はボクサーブリーフのみという恰好だ。

お腹周りの贅肉が気になりだした聡之と違い、彼女はすらりとした体型でウエストもくびれている。腰から下は女性らしく丸みを帯びていたが、乳房は少女のように控え目なふくらみである。

それを見られたくなかったのか、いきなり抱きついてきた。

「聡之君……」

ベッドに倒れ込み、なめらかな背中に腕を回す。

(まさか……本当に——)

ふれあう肌の感触はリアルなのに、現実感がほとんどない。積年の願いが叶い、喜びが大きすぎるせいで、かえって実感が湧かないのか。

それでも唇を奪われ、甘い吐息と舌を受け容れたことで、ようやく気持ちが追いついた。

(おれ、真梨とキスしてる)

ひと目惚れから二十年も経ったのに、それほど待った気がしない。むしろ、あの頃に戻ったような意識が強かった。

もっとも、腕の中の女体は、四十二歳の成熟したものだ。張りよりも吸いつくような柔らかさが顕著である。

そして、たっぷりとした臀部は肉厚で、揉みごたえがあった。

「ンぅ」

真梨が不満げな鼻息をこぼす。くちづけを交わしながら、聡之が尻ばかり揉んでいるからだろう。

それでも舌を深く絡め、トロリとした唾液を与えてくれる。洋酒の風味が残るそれに酔ってしまいそうだ。

「はあ」

唇をはずし、彼女が深い息をつく。目元がやけに赤かった。

「おしりが好きなの？」

「え、どうして？」

「ずっとさわってるから」

咎める目が睨んでくる。

「だって、こうしてたら他にさわるところがないし」

「そうかしら？」

真梨の手も牡の下半身に向かった。しかし、そこにはもう一枚残っている。

「どうしてパンツなんか穿いたの？」

「駄目だったかな？」

「バスローブなのに下着なんて、エチケット違反だわ」

そんなマナーは聞いたことがない。おそらく、彼女は最初からセックスをするつもりだったから、そんなふうに思うのだろう。

真梨が身を起こす。聡之の腰を抱くようにして、ボクサーブリーフを引き下ろした。

「うう」

羞恥の呻きがこぼれる。ずっと好きだった異性に、初めてペニスを見られたのだ。それも半勃ちのものを。中途半端ゆえ、かえってみっともない気がした。

「オチンチン見ちゃった」

悪戯《いたずら》っぽい笑みを浮かべて言われ、ますます居たたまれなくなる。

全裸になった聡之は、脚を大きく開かされた。そのあいだに彼女が膝を進め、牡のシンボルをまじまじと覗き込む。

「こんなふうなのね」

初めて男性器を目にした少女のような、あどけない感想。入社した当時は処女だったと打ち明けたし、結婚するまで純潔を守りとおしたのか。

(そうすると、旦那さん以外のチンポを知らないのかな)

だったら、そんな感想を口にしても不思議はない。

性体験に関しては、聡之も似たようなものだった。風俗嬢以外で知っている女体は妻のみである。

「あうっ」

呻いて腰を震わせる。真梨がペニスを握ったのだ。

男性遍歴は豊かでなくても、さすが人妻。牡を悦ばせるテクニックは身についており、聡之を快さに喘がせた。

（気持ちいい……）

筒肉に巻きついた指が上下し、包皮を巧みに使って摩擦する。さらに、もう一方の手で、陰嚢も揉むようにさすった。

おかげで、海綿体がさらなる血流を呼び込む。

「あ、すごい」

たちまちふくれあがったシンボルに、真梨が驚嘆の目を向ける。手の中で脈打つモノをニギニギして、感触を確かめた。

「すぐ元気になるんだね。それに、すごく硬い」

いい年をして、少年みたいにがっついていると思われているようで、居たたまれなくなる。

「好きなひとに気持ちよくされたら、元気になるのは当然だよ」

言い訳でもなく告げると、彼女が嬉しそうに目を細めた。

「じゃあ、もっとよくしてあげる」

上向きにそそり立たせたモノの真上に、真梨が顔を伏せる。驚いて頭をもたげたときには、屹立の半分が口内に吸い込まれていた。

「あ、あ、真梨」

焦って呼びかけるなり強く吸われる。後頭部をガンと殴られたような衝撃があった。

「んふ……」

鼻息をこぼした真梨が、舌をてろてろと動かす。張り詰めた亀頭をねぶられ、そこがアイスキャンディーみたいに溶けそうなほど感じてしまった。

（真梨がおれのチンポを――）

同期の間柄ながら、今や彼女は社長なのだ。美貌と肉器官のコントラストも禍々《まがまが》しく、こんなことをさせていいのかと、罪悪感を覚えずにいられない。

だが、与えられる快感が大きすぎて、たちまちどうでもよくなる。

這い回る舌は、敏感なところを的確に捉える。くびれの段差を先っちょでチロチロと舐めあげられると、くすぐったい気持ちよさに腰がガクンと跳ねた。

さらに、口からはみ出した硬棹にも、指の輪が行き来する。牡の急所も愛撫され続けており、股間一体が悦びにまみれていた。

そのため、性感曲線が右肩あがりでぐんぐん上昇する。

「ちょ、ちょっとストップ」

焦って声をかけたのは、昇りつめそうになったからである。

「ん？」

こちらを見て首をかしげた真梨が、漲《みなぎ》り棒から口をはずす。鈴口と唇の間に粘っこい糸が繋がり、行為の生々しさを実感させられた。

「どうしたの？」

「いや、気持ちよすぎて」

「ひょっとして、イッちゃいそうだった？」

「……うん」

情けないと思いつつ認めれば、彼女が満足げな笑みを浮かべた。

「じゃあ、わたしのテクニックが満更でもないってことね」

どこか自信ありげな顔つきだったから、夫にもお口で奉仕して、悶絶させていたのかもしれない。努力家だから、男を感じさせる方法についても、あれこれ学んだのではあるまいか。

「何なら、このまま出しちゃう？　わたしの口の中に」

「い、いや、いいよ」

「遠慮しなくていいのに」

「そういうんじゃなくて、もう年だから何回もできないし」

本当は、口内発射なんて畏れ多いという気持ちからだったのである。しかし、本当のことを言ったら他人行儀だと責められるだろうと誤魔化したのだ。

「年だからなんて言わないの。わたしたち同期なんだし、それじゃわたしもおバアさんみたいじゃない」

「そんなことないよ。真梨はいつまでも若くて美人だし、おれとは違うからさ」

「あら、聡之君もまだまだ若いわよ。オチンチン、こんなに硬いんだし」

唾液に濡れたイチモツをヌルヌルとしごかれ、爆発しそうになる。

「あ、マジでヤバいって」

ずり上がって逃げると、彼女は仕方ないという顔で手を離してくれた。

聡之は息をはずませながら身を起こし、真梨を抱き寄せた。唇を重ねると、献身的なフェラチオのお礼のつもりで舌を絡め、口内も舐め回した。

口許《くちもと》がベタつくほどの濃厚なくちづけに、彼女はうっとりしたふうに身を任せた。甘える仔犬みたいに、フンフンと息をこぼしながら。

途中、真梨はふたりのあいだに手を差し入れ、猛《たけ》ったままの肉棒を握った。けれど、手を緩やかに動かしただけだった。果てそうになっていたのを思い出して、遠慮したのだろう。

唇が離れると、ふたりのあいだに唾液の糸が繋がる。

彼女はそれを舌で舐め取った。目元が赤く、濡れた唇もやけに色っぽくて、胸が高鳴る。

「……キスでこんなにドキドキしたのって、久しぶりかも」

陶酔の面差しで言われ、聡之はうなずいた。

「うん。おれも」

「わたしたち、けっこう相性がいいのかもね」

そんなことを言われたら、告白しなかったことをますます後悔しそうである。過去はやり直せないとわかっていても。

やるせない気持ちを振り払うように、聡之は真梨を押し倒した。

仰向けになると、乳房は薄い丘になる。そのため、中心にあるワイン色の乳暈《にゅううん》と突起が存在感を際立たせた。

「やん」

向かって右側の乳首を摘まむと、彼女が甘えた声を洩らす。軽くこすっただけで、それはたちまち硬くなった。

「真梨のここも、すぐ元気になるんだね」

さっきのお返しを口にすると、「バカ」と睨まれる。

「おれも気持ちよくしてあげるよ」

聡之は乳頭の指をはずし、顔を伏せて吸いついた。

「あひっ」

鋭い声が耳に届く。熟れた裸身がぐんっと反り返った。

おっぱいは小さくても、乳首は敏感だ。舌で転がし、吸ってあげることで、真梨は身をよじって悶えた。

「ああっ、あっ、き、キモチいい」

息をはずませてよがり、両足でシーツを引っ搔く。空いているほうを指で摘まむと、声がいっそう大きくなった。

「あひぃぃッ、いっ、くぅううー」

妊娠中でも産後でもないから、母乳など出ない。なのに、乳頭は不思議と甘かった。飽きることなくねぶり、反対側にも口をつける頃には、女社長は喘ぎ疲れたみたいにぐったりとなった。

口をはずすと、唾液で濡れた突起は赤みを帯び、ツンと突き立つ。指先でそっとこすると、上半身が感電したみたいにわなないた。かなり敏感になっているようだ。

真梨は瞼を閉じ、胸を大きく上下させるのみ。しどけない姿は熟れた色香を振りまいており、すぐにでもひとつになりたくなった。

しかし、まだやるべきことが残っている。

ぐったりしているのをいいことに脚を開かせ、そのあいだに膝を進める。身を屈め、さっき自分が彼女にされたのと同じく、秘められた部分に顔を近づけた。

もともと毛量が多くないのか、真梨の恥叢《ちそう》はヴィーナスの丘に小さな逆三角形をこしらえるのみ。真下の裂け目は毛に隠れておらず、シワの多い花びらが抱き合うように重なっているのが見て取れた。

それから、一帯が透明な蜜で濡れているのも。

(真梨のオマンコだ)

卑猥な単語を胸の内でつぶやき、心臓が痛いほど高鳴る。許可も得ず、こっそりと女性器を見るなんて。この世で一番いやらしいことをしている気になった。

シャワーを浴びたあとのはずだが、愛撫を交わしたことで女の部分は本来のかぐわしさを取り戻したらしい。ボディソープの残り香に混じって、甘酸っぱい成分がほんのりと感じられた。

聡之は、花の香に引き寄せられる昆虫と同じだった。媚薫に誘われるまま、女体の中心に顔を埋める。

「ンぅ」

真梨が小さく呻き、下腹をピクッと波打たせた。だが、何をされたのか、まだわかっていない様子である。

抵抗されないのを幸いと、聡之は舌で花びらをかき分け、内側に溜まっていた粘っこい愛液を絡め取った。

ほのかな塩気以外、味らしい味はない。なのに、殊《こと》の外《ほか》美味だと思ったのはなぜだろう。

「――え？」

ようやく気がついたか、戸惑った声が聞こえる。数秒後、「イヤッ！」と悲鳴があがった。

（おっと）

逃げようとした艶腰を、両手でがっちりと摑んで固定する。改めて舌を躍らせると、

「イヤイヤ、だ、ダメぇっ！」

真梨が必死の抵抗を試みる。けれど、無許可のクンニリングスからは逃れられなか

った。

「ば、バカッ、何してるの⁉」

訊かれても、舌が仕事中で答えられない。代わりに敏感な肉芽を探し当て、集中攻撃した。

「くはッ」

喘ぎの固まりを吐き出した美熟女が、裸身をわななかせる。感じているのは明らかで、抵抗も弱まった。

それでも、泣きそうな声で聡之をなじり続けた。

「ば、バカぁ、そんなとこ……な、舐めるなんて」

積極的にペニスをしゃぶっておきながら、自分が舐められるのは好みではないらしい。あるいは、汚れやすいところだから抵抗があるのか。

だからと言って、これが初めてのクンニリングスではあるまい。若い頃はよくても、年齢を重ねたことで慎みの情が大きくなり、そんなことはさせられないと思うようになったのではないか。

聡之自身、昔ほどフェラチオをしてほしいとは思わない。そんなことをさせるのは悪いという意識のほうが大きくなっていた。

きっと彼女も同じなのだと決めつけ、クリトリスを丹念にねぶる。女性に奉仕して感じさせたい気持ちは、若いときよりも強まっていた。

「ああっ、あ、あん、だ、ダメ……」

喘ぎ声がいっそう艶を帯び、下腹の波打ち具合も顕著になる。悦楽の階段を順調に上っているのが窺えた。

これならイカせられるかもしれない。感覚を逃さぬよう反応を見極め、舌を休ませることなく動かしていると、

「あ、あ、イヤッ、へ、ヘンになりそう」

真梨の声のトーンが変わる。腰が浮きあがっては落ち、その間隔も短くなった。

(きっと、もうすぐだぞ)

俄然張り切る聡之であった。程なく、

「イヤイヤ、イッちゃう、イクッ、イクッ」

真梨が頂上の入り口に辿り着く。息づかいもハッハッと荒くなった。

「イク、ホントにイッちゃう。あああ、み、見ないで」

すすり泣き混じりの訴えに耳を貸さず、聡之は上目づかいで彼女を観察しながら、女体が昇りつめるのを見守った。

「イクイク、あ、あっ、あっ、あふんッ！」

最後に腰を大きくバウンドさせ、真梨はベッドに沈み込んだ。マラソンのあとみたいな、苦しげな息づかいが聞こえる。

(イッたんだ……)

あっ気ない幕切れが、やけにリアルだ。クリトリスで絶頂するときは、こんなふうなのかもしれない。

聡之は女芯から口をはずし、深い呼吸を繰り返す彼女に添い寝した。

瞼を閉じた美貌が、やけにあどけなく映る。すべてにおいて敵わないと思っていた女社長が、何だか身近な存在に感じられた。

「きゃふッ」

乳首をそっと弄ぶと、愛らしい悲鳴があがる。真梨が瞼を開き、潤んだ目で睨んできた。

「どうしてあんなところを舐めたのよ!?」

本気で怒っているようで、大いに戸惑う。

「どうしてって、普通のことじゃないの？」

「普通って何よ。わたし、初めてだったんだから」

「え、アソコを舐められるのが？」

驚いて問い返すと、彼女が悔しげに顔を歪める。「なに、悪いの？」と、逆ギレして言い返した。

「だけど、おれのは喜んでしゃぶってたじゃないか」

「男のひとは、そうされるのが好きなんでしょ」

「じゃあ、女性はクンニリングスが嫌いってこと？」

「それは――す、好きなひともいるでしょうけど」

「真梨は嫌いなの？」

返答はなかった。ただ目を泳がせ、表情に迷いを浮かべる。

「ようするに、恥ずかしいからされたくなかったんだろ？」

問いかけると、渋々というふうにうなずいた。

「それに、匂いとか気になるし……」

大人の女性としての慎みも、抵抗感を強めたようである。

「だけど、実際にされたら、気持ちよかったんだろ？」

「……うん」

「そうだよね。イッたのがちゃんとわかったよ」

言うなり、脇腹をつねられる。聡之は「イテッ」と声をあげた。

「い、いちいちヘンなこと言わないで」

「ごめん。だけど、おれは嬉しいよ」

「え？」

「だって、真梨の初めての男になれたわけだし」

美貌が赤く染まる。彼女は「バカッ」と小声でなじり、聡之の胸に縋《すが》った。

（ああ、可愛い）

四十路を越えた女性には相応しくない言葉かもしれないが、実際にそう感じたのだから仕方ない。愛しさがふくれあがり、子供を寝かしつけるときみたいに、背中を優しくさすってあげる。

真梨がペニスを握ってくる。うっとりした快さに、聡之は腰をブルッと震わせた。

「……これ、ちょうだい」

掠《かす》れ声のおねだりに無言でうなずき、彼女を仰向けにさせる。身を重ねると、牡の猛りを中心に導いてくれた。

「聡之君がいっぱい舐めたから、すごく濡れちゃってる」

亀頭を縦ミゾにこすりつけ、真梨が熱っぽい眼差しを向けてくる。

「うん、わかるよ」

「ヌルッて入っちゃいそう」

実際、聡之が腰を送ると、剛棒は抵抗なくズブズブと侵入した。

「あ、あっ」

真梨がのけ反り、口を半開きにする。ふたりの陰部がぴったり重なると、両脚を掲げて牡腰に絡みつけた。

(とうとうしたんだ——)

結ばれた感激で胸がいっぱいになる。

挿入こそスムーズだったが、今は柔ヒダが肉根にまといつき、心地よく締めつけていた。じっとしているだけで上昇しそうである。

「あん、いっぱい」

悩ましげに眉根を寄せた真梨が、身をしなやかにくねらせる。牡を咥え込んだ入り口が、キュッキュッとすぼまった。

「真梨の中、すごく気持ちいい」

感動を込めて告げると、熟女が恥じらいの笑みをこぼす。

「もっと早くに、こうしたかったって思う?」

「もちろん」

「だったら、同じ失敗を繰り返さないでね」

忠告を素直に受け容れ、返事の代わりに唇を交わす。

「ん……ンふ」

彼女も鼻息をせわしなくこぼしながら、舌をねっとりと絡めてくれた。

深いキスをしたまま、聡之は腰をそろそろと動かした。交わるところがヌチャッと音を立てたのが、体幹を伝わってくる。

最初はゆっくりした抽送だったが、慣れてくると振れ幅が大きくなり、速度も増す。いつしかベッドが軋むほどの、リズミカルなピストン運動となった。

そうなると、くちづけを続けるのが困難になる。

「ぷはっ」

真梨が頭を振って唇をほどく。ハァハァと息をはずませ、面差しを愉悦に蕩けさせた。

「キモチいい……聡之君の、あん、わたしの奥まで届いてるぅ」

あられもないことを口にして、迎えた牡器官を蜜壺でキュウキュウと締める。それにより、聡之も快感に漂った。

「おれもすごくいい。こんなに気持ちのいいセックス、初めてだよ」

「うれしい……もっとよくなって。あ、ああっ、感じる」

「真梨、大好きだよ」

肌に汗を滲ませて、悦びを享受する男と女。二十年経ってようやくひとつになれた感激も上昇を煽《あお》るよう。

おかげで、聡之は五分と持たずに危うくなった。

「うう、駄目だ」

苦悶を浮かべると、真梨が見つめてくる。

「え、どうしたの？」

「イキそうなんだ」

小休止すれば、持ち直すのは可能である。だが、せっかく結ばれたのに、ここでやめたらすべてが幻と消え去る気がして、腰が止まらなかった。

すると、優しい眼差しが見つめてくる。

「いいよ。イッちゃって」

「くう、で、でも」

「わたしももうじきだから。さっき、聡之君にイカされたから、またすぐになっちゃいそうなの」

実際、息づかいがはずみ、声も表情も甘く蕩けている。頂上が近いのは間違いあるまい。

「あ、でも、中に出すのは」

「いいのよ。いっぱい出して。わたし、生理が重くてピルを飲んでるの」

お膳立てがすべて整っているのは、彼女のおかげなのだ。心から満足できるひととときになるよう、予《あらかじ》め考えてくれたに違いない。

(ありがとう、真梨)

胸の内で礼を述べ、お言葉に甘える。聡之は腰づかいを大きくし、濡れ穴を勢いよく抉った。

「あん、あん、あん、それいいッ」

真梨の嬌声が大きくなる。熟れたボディのあちこちが、ビクッ、ビクッと痙攣するのがわかった。絶頂が近い。

そして、聡之のほうも、最後の瞬間を迎えようとしていた。

「ああ、真梨、もうすぐだよ」

「うん、うん、わたしも——あ、あっ、あっ、来る」

「おおお、いく、出る」

「イヤイヤ、ああ、あ、来ちゃう、イク、イッちゃう」

「むはっ」

喘ぎの固まりを吐き出すと同時に、ペニスの中心を熱いものが貫いた。全身がバラバラになりそうな、めくるめく歓喜を伴って。

「うおっ、うおっ、むううう」

脈打つ射精棒を高速で出し挿《い》れすることで、女体も高潮に巻かれる。

「イクイクイク、あっ、あっ、イクッ——うううううっ！」

ふたつのからだが、重なったままバウンドする。やがておとなしくなり、気怠い余韻が訪れた。

（……すごかった）

かつてない動悸を持て余しながら、聡之は終わったばかりのセックスを反芻《はんすう》した。

愛しいひとのいやらしい喘ぎ声や、悦びに蕩けた顔を思い出すだけでたまらなくなり、もう一度という欲求がふくれあがる。

そのせいか、蜜穴に嵌まったままの分身は、萎える気配を示さなかった。

「んー」

間もなく目を開けた真梨も、体内で脈打つモノに気がついたようだ。

「え、どうして？」

不安げな面持ちを見せる。自分が満足させられなかったせいだと、早とちりしたのではないか。

「真梨とのセックスがすごくよくて、まだまだし足りないんだ」

正直に打ち明けると、今度はあきれた顔になる。

「年だから何回もできないんじゃなかったの？」

「真梨とだったら、何回でも可能だよ」

「ご都合主義なんだから」

それでも、したい気持ちは彼女も一緒だったようである。

「とりあえずシャワー浴びない？　からだじゅうベタベタだし」

「そうだね」

「わたしが聡之君を洗ってあげるわ」

艶っぽい目を向けられ、大いにときめく。バスルームは広かったし、好きにイチャイチャできそうだ。

何なら、立ちバックでよがらせるのも悪くない。

「オチンチン抜く前に、ティッシュ取って」

「ああ、うん」

聡之はからだをねじって手をのばし、ヘッドボードにあったボックスを取った。真梨はそこから何組か抜き取ると、抜去されてすぐ股間に挟む。

「じゃ、行きましょ」

深い関係になったばかりの男女は手を取り合い、素っ裸のままバスルームに向かった。

第五章　還暦前、若い蜜を吸う

1

「ちょっと訊きたいんだけど」

社長室。真梨の問いかけに、さつきは「何でしょう」と首をかしげた。

「渋野君の件をわたしに任せたのは、何か勝算があってのことなの？」

探るような視線に、さつきは平然と答えた。

「勝算、というほどのものはありませんでした。ただ、社長は渋野さんと同期ですし、あの代はみんな仲がよかったというのも訊いておりました。ですから、社長なら何か妙案が浮かぶのではないかと思っただけです」

「そう……」

納得半分の表情でうなずいた真梨であったが、どうも様子がおかしい。こちらが何か悟っているのではないかと、訝《いぶか》っているのが窺えた。

彼女がどんな手を使ったのか、さつきは聞かされていない。ただ、あれ以来、渋野聡之はひとが変わったみたいに元気になったそうだから、うまくいったのは確かである。

もっとも、真梨が己の肉体を駆使したのは、想像に難くない。あのあと、彼女は肌が妙にツヤツヤして、腰のあたりが充実しているのがわかったから。

そして、きっとそうなるだろうという予想もあったのだ。

ここは今後のためにも、共犯になっておいたほうがいい。そのほうが任務も都合よく進められそうだし、真梨もこれまで以上にサポートや援護をしてくれるだろう。

「正直に申し上げますと、社長が渋野さんと関係を持たれるだろうなとは思っておりました」

率直に告げると、女社長がうろたえる。

「か、関係って、わたしはそんな——」

「隠さなくてもわかっております。実は、わたしも同じ手を使いましたので」

「あ、やっぱり」

うなずいた真梨が、焦って口を塞ぐ。同期の男と不倫したと、認めたも同然だからだ。

「ご心配なさらずとも、わたしは誰にも言いません。謂わば同じ穴のムジナということですから」

ようやくホッとした顔を見せた彼女が、ためらいがちに訊ねる。

「赤坂さんが関係を持ったのって、営業二課の？」

「はい。新人の町田拓人君です」

真梨が《やっぱり》という顔をする。

あの件を報告したとき、彼女は明らかに疑念を抱いていた。さつきが拓人をセックスで励ましたのではないかと。

同時に、羨望の色も見て取れたため、今回は真梨に機会を与えたのである。夫が海外勤務のため、性的に満たされていないのは薄々感づいていたから。

「任務のためなら、わたしは今後も肉体を差し出す覚悟でおります。その点は是非ともご配慮いただけますようお願いいたします」

「ええ、わかってるわ。赤坂さんたちのことは信頼してるし、これからも頑張ってちょうだい」

「恐れ入ります。それから、社長もあまり深入りせぬようご注意ください」

この忠告に、真梨がギョッとした顔を見せる。

「ふ、深入りって――」

「社長は自制心がおありですので心配ないとは思いますが、殿方との関係は誰にも悟られぬよう、細心の注意をお払いください」

あのあともふたりが逢い引きしていると、さつきは睨んでいた。現場を見たわけではなく、真梨の顔つきや振る舞いから察したのである。

「……ええ、わかってるわ」

うなずいて神妙な顔を見せたから、心配はいらないようだ。社長と同期社員がダブル不倫だなんて世に知れ渡ったら、会社の信用問題にもかかわる。

とは言え、さつき自身も、拓人とは何度か関係を持っていた。向こうから求められただけではなく、さつきが誘ったこともある。

まさに同じ穴のムジナ、いや、同じ穴の人妻かと苦笑しつつ、

「それでは、失礼いたします」

さつきは恭しく頭を下げて退室した。

いやします課のオフィスに行くと、瑠奈が先に来ていた。

「渋野さんのとこ、家庭も円満です」

対象者については、もう心配ないと確信できるまで、調査を続けることになっている。彼女は本人だけでなく、家族の件も追ってくれていた。

「あら、そう。よかったわ」

「渋野さんの奥さんが、ダンナにキツく当たってたのって、セックスレスも原因だったんですよ。それが解消されて機嫌がよくなったみたいですね」

この報告に、さつきは眉をひそめた。

「瑠奈ちゃん、まさか、夫婦生活を覗き見したわけじゃないわよね」

「まさか。セックスが充実してるなってのは、奥さんを見てわかったんです。キレイになって、肌のツヤもよくなって、色気なんかすごいですよ。だからきっと、渋野さんがハッスルしてるんだなって」

「ふうん。元気になると、アッチも回復するのね」

さつきが考えを述べると、瑠奈は別の見方をした。

「たぶん、渋野さんは社長とエッチしたから、改めて奥さんの魅力に気づいたんですよ。どっちがいいって比べたわけじゃなくて、こっちもいいじゃないかって見直したっていうか」

真梨と聡之が関係を持ったことは、瑠奈には話していない。けれど、彼女はお得意の人間観察で、そうに違いないと結論づけたようである。

何にせよ、肯定するのは好ましくないから、聞かなかったフリをした。

「じゃあ、娘さんは？」

「あたしの友達にもいるんですけど、両親が不仲だと、子供は反抗的になるんですよね。でも、夫婦が仲良くなって、反抗期も落ち着いたみたいです」

「そう。だったら、調査はおしまいにしてよさそうね。ご苦労様」

ねぎらうと、瑠奈がおねだりの顔を向けてくる。

「そろそろあたしも調査するだけじゃなくって、実際に対象者を癒やすってのをやってみたいんですけど」

「それは別にかまわないけど。瑠奈ちゃんでも相手ができそうな対象者がいれば」

「いますいます。どんぴしゃりのひとが」

彼女が差し出した資料に載っていたのは、開発部顧問の松谷《まつたに》昭次郎《しょうじろう》であった。

彼は前社長の時代から、それこそ小さな工場でしかなかったときから勤めている、謂わば功労者である。現在は一線から退《しりぞ》き、後進の指導と、商品開発の助言を主な仕事にしている。

そんな昭次郎は五十九歳。来年は定年退職だ。

各企業の定年年齢は、引き上げられる傾向にある。芝電も定年後も働けるよう、制度を整えつつあった。

よって、昭次郎にも嘱託《しょくたく》として残るよう依頼しているのである。彼の技術や知見から学べるものは多く、会社が発展するためにも必要な人材であった。

ところが、彼はどんなに頼まれても固辞し続けている。

「松谷さんは、以前は動けなくなるまで芝電で働く、会社と仕事が自分の生きがいだとまで言ってたそうです」

「じゃあ、どうして嘱託を断ってるのかしら。ひょっとして、嘱託じゃもの足りないってこと？」

「そうじゃなくて、三年前に奥さんを亡くされてて、そのせいで気力を失ったみたいです」

「ああ……」

そういうことかと、さつきは納得した。

夫婦は永遠に夫婦のままでいられるものではない。離婚は別にして、必ずどちらかが先に鬼籍に入ることになる。

一般的に夫をなくしたあとも、妻は割合に元気である。立ち直りも早く、長生きする者も珍しくない。これについては、女性は友達が多く、良好な人間関係を築けるから可能なのだという説がある。

一方、男はこれとは真逆で、仕事ひと筋で来たから友達が少なく、そもそも他人と交流を持とうとしない。退職したら相手をしてくれるのは妻しかいないなんて者も珍しくないのだ。

そのため、妻を先に亡くすと非常に落ち込み、どうすればいいのかわからなくなる者もいるという。

それこそ仕事ひと筋だった昭次郎は、仕事以外は妻しかいなかったのではないか。その仕事を続ける意欲を亡くしたということは、妻を心から愛し、頼り切っていたのだろう。要は心の支えを失ってしまい、何をしても無意味だという心境に陥ったのではあるまいか。

「松谷さん、お子さんはいらっしゃるのかしら?」

「はい。とっくに独立して家庭を持ってますよ。だけど、子供の世話になんかなりたくないって、松谷さんは仲間に言ってたそうです」

昔風の頑固な気質のせいで、誰かに頼るのを潔しとしないのか。この年になったら性格や考えを変えるのは難しいし、生きるのにも苦労しそうである。

よって、放っておけないとは思うものの、ではどうすればいいのか。

「松谷さんを、瑠奈ちゃんが癒やしてあげるっていうの？」

「はい」

「できる？」

「任してください。あたし、オジサンを元気にするのは得意ですから」

それはどういう意味で言っているのか。いささか不安を覚えつつ、

「じゃ、お願いするわ」

さつきは瑠奈に託すことにした。

2

昔は仕事が終わるとホッとしたし、家に帰るのも楽しみだった。家族の顔を見て、夕食で腹を満たせば、仕事を頑張ろうという気になった。

なのに、今はただ惰性で日々を送り、一日をやり過ごしている。

今日は金曜日。明日は休日だというのに、昭次郎は重い足取りで帰宅の途についていた。

開発部でトラブルがあり、その対処を手伝ったために帰りが遅くなった。まあ、誰かが待っているわけではないし、何時になろうが関係ない。

住まいは２ＬＤＫのアパートである。かつては小さいながら一戸建てに住んでいたが、子供が独立することになったときに売り、その金は半分を子供に渡して、半分を貯金した。

そして、妻とふたりで今のアパートに移ったのである。

悠々自適の暮らしなどするつもりはなかった。働けるだけ働いて、動けなくなったら引退すればいい。あとは退職金と貯金と年金で、夫婦ふたり、どうにかやっていけるはずだった。

そんな未来図も、妻が亡くなったことで雲散霧消した。

それまで病気らしい病気ひとつしたことのない妻が、たまたま受けた検診で癌が見つかり、それから三箇月も経たずに逝《い》ってしまった。あまりに急なことだったし、亡くなったことを実感するのに、かなりの時間が必要だった。

いや、三年が過ぎた今だって、どこかに妻がいるような思いに駆られることがある。

遺影を拝み、墓参りだってしているというのに。

家のことはすべて妻に任せていたとは言え、何もできないわけではない。独身時代は家事をこなしていたし、結婚後だって休みの日には、妻を手伝うことがあった。

よって、ひとりになって困ることはない。ただひとつ、妻がいないことを除いて。

（おれが先に看取ってもらうはずだったのに……）

そうすれば安心して、あの世に旅立てるはずだった。向こうで待ってるぞと言い残して。

近頃では、自分はどうして生きているのかと、思い悩むことがある。こんな人生に何の意味があるのか。さっさと妻のところへ行ったほうがいいと。

さりとて、看取ってくれるはずだった妻がいないと、死ぬ気にもなれない。

来年には定年だ。そのあとどうするのか、まだ決めていなかった。会社は嘱託を勧めてくれるが、何のために働くのか見失った今は、受けることがためらわれる。どうせ役には立つまいと、卑下《ひげ》するところも少なからずあった。

《会社にはお世話になったんだから、恩返しのつもりで頑張りなさい》

妻が生きていれば、そう言って背中を押してくれただろう。それがない以上、やる気も根気も出ない。

いっそ、定年前に退職しようかと考えたとき、

「ねえ、オジサン」

呼ばれて、昭次郎は足を止めた。

「え？」

見ると、薄暗い路地の脇で、若い娘が屈託のない笑みを浮かべている。年は二十歳ぐらいか。いや、雰囲気があどけないから、もしかしたら十代かもしれない。

化粧気っのない顔に、ボリュームのない黒髪。オーバーサイズのTシャツに、だぶっとしたジーンズという質素な服装で、足元はサンダルだ。

ぱっと見は地味なのに、彼女のまわりだけ華やかな感じがするのは、顔立ちが愛らしいからだろう。どこかで会ったような、親近感も覚えた。

だからこそ、まったく警戒しなかったのである。

「え、おれかい？」

訊ねると、娘が「そう」とうなずく。

「いきなりで悪いんだけど、今晩だけ泊めてくれない？」

唐突な頼みに、戸惑わずにいられなかった。

「泊めてくれって、家出でもしてきたのか？」

「ううん。同棲してた彼氏に追い出されたの。浮気してたのがわかって責めたら、逆ギレされて。こっちも腹が立ったから、もう別れるって宣言して、そのまま出てきちゃった」

持っているのは薄っぺらいショルダーバッグのみ。本当に身ひとつで出てきたようである。

「だったら、実家にでも帰ったらどうだ？」

「そのつもりだけど、もう電車がなくって。お金もちょっとしかないから、ホテルに泊まるのは無理っぽいし」

気の毒な境遇だとわかって、同情心が湧く。何かを企んでいそうな印象もないし、本当にそうなのだと信用できた。

そもそもお金目当てなら、こんなみすぼらしい男は狙わないだろう。

(ま、どうせ部屋はあるんだし)

かつてはふたつの部屋を、寝室と茶の間で分けて使っていた。ひとりになった今は、茶の間で飯を食べて、そのまま寝てしまうのが常だった。寝室のほうはほとんど使っていない。

「いいよ。ひと晩だけなら」

安請け合いすると、娘の表情がパッと輝く。

「ありがとう、オジサン」

ニコニコ笑顔で礼を述べられ、昭次郎も頬が緩む。たまにはひと助けもいいさと、昔話の浦島太郎のような心境だった。


途中、コンビニによって食料を買う。家には食べるものがほとんどなかったからだ。今どきの若い子にしては、娘は遠慮というものを心得ていた。好きなものを買っていいと言ったのに、選んだのはおにぎりがひとつとペットボトルのお茶のみ。それでも会計を終えると、「すみません」と頭を下げた。

(すごくいい子じゃないか)

こんな子を追い出すとは、彼氏だった男はどうかしている。しかも、浮気までしたなんて。自分が彼女の親なら殴りつけているところだ。

ともあれ、別れて正解だなと思いつつ、娘を自宅につれて行った。

「古いところで悪いね」

軋《きし》みをたてる外階段を上がりながら言うと、娘は「ううん」と首を横に振った。

「彼氏と住んでいたところも、こんな感じだったし」

身なりが地味なのは、暮らしそのものが裕福ではなかったためなのか。

中に招き入れて、四畳半の茶の間に通すと、娘は興味深げに見回した。

「珍しいものは何もないよ」

実際、テレビと茶箪笥《ちゃだんす》があるぐらいなのだ。

「あ、この写真――」

茶箪笥の上の小さな遺影に、娘は気がついた。

「ひょっとして奥さん？」

「うん。三年前に亡くなったんだ」

「そうなんだ。すごく優しそうなひとだね」

率直な感想が嬉しくて、昭次郎は涙ぐみそうになった。事実、穏やかで優しい妻だった。

「名前はなんていうの？」

「光恵《みつえ》だよ」

「え、あたしと似てる」

言われて、まだ彼女の名前を訊いてなかったことを思いだした。

「君の名前は？」

「ミツコっていうの」

現代っ子にしては古風な名前である。もっとも、きらびやかな名前が流行《はや》ったせいで、昔風に○○子と名付ける親が増えたなんて話を聞いたことがある。それほど珍しくはないのかもしれない。

「そうか、ミツコちゃんか」

名前を口にして、不意に気がつく。彼女に親近感を覚えたのは、若い頃の妻にどことなく似ているからだと。言葉遣いがいかにも今どきの娘だったから、昔気質の妻と比べようともしなかったのである。

しかし、似ていると意識したことで、妙に落ち着かなくなる。自分の子供よりも若く、孫でも通用しそうな若い娘に、女など感じていなかったのに。

「じゃあ、ミツコちゃんは買ってきたやつを食べてて」

「え、オジサンは？」

「おれはシャワーを浴びるから」

浴室に引っ込もうとすれば、「あ、待って」と呼び止められる。

「え、なに？」

「オジサンの名前は？」

「ああ……松谷昭次郎っていうんだ」

フルネームを答えると、ミツコは口の中で反芻したあと、

「やっぱ長いからオジサンでいいや」

照れくさそうに笑った。

3

アパートの浴室はトイレと別になっているが、浴槽は小さく洗い場も狭い。ひとりでしか入れなかった。

妻が生きていたときは、帰ると風呂が準備されていたから入ったけれど、今は面倒だとシャワーで済ませることがほとんどだ。今日も昭次郎はシャワーヘッドを手にし、温水の蛇口を回そうとした。

すると、いきなり浴室の戸が開く。

「あ――」

振り返って目を疑う。そこにいたのは下着姿のミツコであった。

上下とも白のインナーは、ごくシンプルなデザインである。それでも若い肢体と相まって、眩《まぶ》しいほど鮮烈に映った。

「あ、あの、使用中だから」

うろたえてわかりきったことを言うと、

「泊めてもらうんだから、お礼に背中を流してあげる」

彼女は目的を述べ、中に入ってきた。

「い、いや、狭いから」

「そうだね。じゃあ、オジサンはそっちに入って」

浴槽に入り、縁に腰掛けるよう指示される。へたに動いたらミツコのからだに触れてしまうから、言いなりになるしかなかった。

「あ、ついでに髪も洗ってあげる」

めっきり白髪の目立つ頭にシャワーの湯をかけられ、昭次郎は反射的に目をつぶった。

（……どうなってるんだ、いったい）

展開が急すぎて、混乱しっぱなしである。頭の中を整理しようにも、幼稚園児が遊んだあとの園庭みたいに様々なものが散らばり、なかなか片付かなかった。

それでも髪を洗われ、背中をタオルで流されるあいだに、多少は落ち着いてくる。こんな経験は初めてで、うっとりするほど気持ちよかったためもあった。

「どんな感じ？」

ミツコの問いかけにも、

「うん、気持ちいいよ」

昭次郎は素直に答えた。

「よかった。あ、前も洗う？」

それはさすがにまずいと断れば、彼女はあっさり引き下がった。その代わり、

「あー、ブラもパンツも濡れちゃったし、あたしもこのままシャワーを使わせてもらうね」

などと言われ、実際に脱ぐ気配があったものだから動けなくなった。

背後から聞こえるのは、気持ちよさげな鼻歌とシャワーの水音。いったいどこを洗っているのかと考えるだけで、胸の鼓動が速まった。

（――て、何を考えているんだ）

いい年をして、まだほんの子供でしかない娘にどぎまぎさせられるなんて。

とは言え、ミツコは彼氏と同棲していたのである。当然ながら男を知っているので

あり、だから昭次郎が裸でいるのを承知で、ここにも入ってこられたのだ。ならば、こっちも堂々とするべきだ。何なら後ろを向いて、どのぐらい成長しているのか裸体を吟味《ぎんみ》してやってもいい。

しかし、結局はずっと背中を向けたままで、彼女が出ていってようやく、昭次郎は前を洗えたのである。

茶の間に戻ると、ミツコは畳に坐っておにぎりを食べていた。

身に着けているのは、サイズの大きなTシャツのみ。ジーンズは穿いていないが、丈が長いから腿の半ばまで隠れている。

(待てよ、下着は？)

浴室で濡れたと言っていたのを思い出す。もしやと思って窓のほうを見たら、カーテンレールに掛けてあった物干しハンガーに白いものがあった。

「あ、パンツとブラを干すのに借りたよ」

悪びれもせずに言われては、「そうか」とうなずくしかない。だが、彼女がノーパンノーブラなのかと考えて、またも落ち着かなくなった。

(いや、替えの下着ぐらい持ってただろ)

けれど、Tシャツの胸元には、明らかに突起がふたつ浮かんでいる。おまけに、

「テレビ見てもいい？」

おにぎりを食べ終わったミツコに訊かれて「いいよ」と答えたところ、彼女は四つん這いになってテレビに向かった。

そのとき、Tシャツの裾から、おしりの丸みが半分も覗いたのである。

（やっぱり穿いてない！）

男がいる部屋で、なんて無防備なのか。さすがに叱るべきかと思ったものの、要は男として見られていないことに気がつく。

（そうだよな……おれは来年還暦だ）

彼女の父親よりも年上だろう。オジサンと呼ばれているものの、オジイサンだっておかしくない。こんな若い子が、男として意識するわけがないのだ。

だから、こちらも女として見なければいいだけのこと。遊びに来た孫を相手にしていると思えばいい。

鷹揚《おうよう》に構えるべく、部屋の隅で胡坐《あぐら》をかいた昭次郎だったが、じっとしていないで何度も坐り直すミツコに、ハラハラし通しであった。

4

そろそろ寝ようと、昭次郎は隣の部屋に蒲団を敷いた。かつて妻が使っていたものだ。

「ミツコちゃんはこっちで寝て。おれは茶の間で寝るから」

声をかけると、「そんなのダメだよ」と言われる。

「こっちが寝る部屋なんでしょ。だったら、オジサンの蒲団もこっちに敷いて」

同じ部屋で寝ることを主張され、拒めなかったのは、いやらしいことを考えているんじゃないかと指摘されたくなかったからだ。

(おれたちは年が四十ぐらい離れてるんだ。おれを男として見ていないから、この子は同じ部屋で寝るのも平気なんだ)

だったら好きにさせればいいと、六畳間にふた組の蒲団を並べた。そして、いつもそうしているように、トランクスとシャツのみの軽装になる。

「それじゃ、おやすみ」

先に蒲団に入ると、ミツコが天井の蛍光灯を消し、常夜灯のみを灯《とも》した。素直に寝てくれるようである。

ところが、彼女がいきなりTシャツを脱いだものだから、仰天して目を見開いた。

(な、なんだ!?)

下着をつけていないから、当然ながら素っ裸である。

乳房は半球状にふくらんでおり、体側のラインは腰から太腿にかけて、優美な曲線を描く。肝腎なところは影になって見えないが、オレンジ色の薄明かりの下でも、この上なく魅力な女のからだであった。

おまけに、ミツコは昭次郎の蒲団に入ってきたのである。

「おい、ちょっと」

咎めようとした唇に、細い人差し指がぴたっと当てられる。

「静かに。じっとしてて」

命令口調に思わず従うと、あどけない娘が楽しそうに目を細めた。

「さっきのじゃ足りないから、もうちょっとお礼をさせて」

そう言って、彼女は掛け布団の中にもぐり込んだ。

(何をするつもりなんだ……)

髪を洗われ、背中も流してもらった。お礼としては充分だし、それ以上のものは望んでいない。

しかし、裸になったということは、性的なサービスをするつもりなのか。

子供が大きくなってからは、夜の営みがめっきり減った。ここでの夫婦水入らずの生活が始まったあとも、抱いたのは数えるほどしかない。

そして、妻が亡くなったあとは、牡の部分が膨張することは滅多になかった。機械的にしごいてほとばしらせたことはあったが、最後にしたのがいつだったのかも思い出せない。

よって、いくら若い娘にいじくられたからといって、何らかの行為ができるとは思えなかった。

（……どうせ無理なんだから、好きにさせておけばいいさ）

そのうち諦めるだろうとたかをくくる。前開きのシャツのボタンを外され、前をはだけられても抵抗しなかった。

「むう」

思わず鼻息をこぼす。ミツコが牡の乳頭に吸いついたのだ。突起を転がすように、舌先をチロチロと動かす。

六十年近く生きてきて、乳首を舐められるのは、昭次郎には初めての経験だった。

女性のそこを吸ったことなら何度もある。けれど、男の乳首が感じるなんて思いもしなかったから、お返しを求めたことは一度もない。

よって、味わっているのは、予想もしなかった感覚だった。

「う……むぅ」

抑えようとしても声が洩れる。くすぐったいというのが最も近いが、そこに別の快さが混じっていた。そのため、からだのあちこちがピクッとわななく。

（何だこれは――）

少しも落ち着かず、膝を曲げ伸ばししてしまう。ようやく気持ちいいのだと理解したのは、五分以上も吸われたあとだった。

右にも左にも唾液を塗り込めたミツコが、からだの位置を徐々に下げる。背中にのせた掛け布団と一緒に。

彼女は瑞々《みずみず》しさを失った肌にキスを浴びせ、舌でペロペロと舐めた。まるで、潤いを取り戻させようとするかのごとく。

それも不思議と気持ちよくて、昭次郎はからだをくねらせた。

ヘソの下まで移動したところで、ミツコがからだを起こす。トランクス越しに牡の性器を摑み、モミモミと愛撫した。

そこが膨張していることに、さわられて気がつく。勃起と呼ぶにはほど遠く、文字通りにふくらんだ程度であるが、それでも昭次郎には信じ難かった。

「うん。大きくなってるね」

ミツコがうなずく。今度はトランクスのゴムに両手をかけると、了解を求めずに引き下ろそうとした。

昭次郎は操《あやつ》られるように尻を浮かせた。脱がされるのに協力したのは、直にさわられたくなったからである。

下半身すっぽんぽんとなり、上半身もシャツが完全にはだけられている。ほぼ全裸に近い。

白髪交じりの陰毛の上に、軟らかな器官が横たわっている。そこに再び手がのばされるものと期待すれば、ミツコは開かせた脚の間にうずくまった。手ではなく、顔を股間に接近させたのである。

(え、まさか)

そのまさかが現実となる。あどけない唇が、くすんだ肉色の棹にキスを浴びせた。それも、何度も。

（ああ、そんな）

洗ったあとでも、不浄の器官に口をつけられるのは、申し訳ないという気持ちにさせられる。そのくせ、もっとしてほしいと願ってしまうのは、ずっと年下の娘に意識を操られていたからなのか。

ミツコが頭の位置を下げる。秘茎ばかりか、牡の急所にも唇をつけた。そればかりか、舌まで這わせたのである。

フェラチオはともかく、玉袋まで舐められたことは数えるほどしかない。手で愛撫されるのはよくても、縮れ毛にまみれたシワ袋に口をつけられるのは、罪悪感が大きかった。

それをこんな若い子が、ためらいもせずやってのけるなんて。

「そ、そこまでしなくてもいいんだよ」

申し訳なくて声をかけても、口ははずされない。それどころか、いっそうねちっこく舐め回してくれる。

陰嚢全体を唾液で湿らせてから、ミツコがふうとひと息つく。

「オジサンのキンタマ、おいしいね」

そんなことを言われても居たたまれないだけ。褒められているとは思えない。

「じゃ、今度はオチンチンね」

肉茎がつままれる。他のところを舐められるあいだに、海綿体がさらに充血したようで、その部分は重みを増していた。

「はい、ムキムキしましょ」

亀頭の裾を隠していた包皮が、完全に剝かれる。あらわになったくびれ部分に、いたいけな舌がのばされた。

「あ、あ、あ」

敏感なところをくすぐるように舐められ、堪えようもなく声が洩れる。

「やっぱりここがキモチいいんだね」

男の感じるポイントを知り尽くしたという口振り。彼女の三倍ほども生きているのに、完全に翻弄《ほんろう》されていた。

くびれから頭部粘膜をてろてろと舐め回してから、いよいよというふうに彼女が口を開く。

「いただきまーす」

無邪気なことを口にして、半勃《はんだ》ちの高齢ペニスを唇の内側に迎え入れた。

「おお」

くびれを攻められたときとは違って、昭次郎はゆったりした悦びにひたった。

まだ硬くなっていない筒肉が、唾液を溜めた中で泳がされる。温かくて心地よい。

ずっとこうされていたくなった。

戯《たわむ》れる舌は、本当に遊んでくれているかのよう。快感が蓄積され、陽根の容積が徐々に増した。

すると、牡棒を咥えたままのミツコがからだの向きを変え、昭次郎の上に乗ってきた。胸を跨ぎ、くりんと丸いヒップを差し出す。

「あたしもキモチよくなりたいから、オマンコ舐めて」

いったん口をはずして告げ、すぐまたフェラチオを再開させた。もしかしたら、大胆なおねだりが恥ずかしかったのだろうか。

やはり光量が不足しており、秘め所は影になってよく見えない。ただ、毛が生えていないのはわかった。

(剃《そ》ってるのかな?)

さすがに天然のパイパンではあるまい。

その部分から、チーズを思わせる蒸れた匂いが、むわむわと漂ってくる。若いから新陳代謝が活発で、洗ってもすぐに本来のフェロモンを取り戻すのではないか。

もちろん、昭次郎にとっては好ましいばかりだ。

女らしい丸みを両手で摑み、ぐいと引き寄せる。枕を使って頭ももたげ、魅惑の園と密着した。

(おお、たまらない)

若くて新鮮なパフュームを、胸いっぱいに吸い込む。体内に流れ込んだそれが活力となり、若返らせてくれるようでもあった。

ならば、もっと力をもたらすエキスがほしい。

舌探りで裂け目をなぞり、内側に差し入れる。その部分がすぼまり、温かな蜜がトロリと溢れた。

「むふぅ」

ミツコの鼻息が陰嚢にかかり、縮れ毛をそよがせる。それにもゾクゾクしながら、昭次郎は舌が届くところまで蜜芯をほじった。

彼女は多汁だった。愛液がじゅわじゅわと滲み出て、喉を潤してくれる。

(ああ、美味しい)

そこにはほのかな甘みがあった。若い娘の秘苑に口をつけた感激で、舌ではなく脳で感じた味だったのかもしれない。

夢中になってねぶり回し、ぷりぷりした尻肉も揉むあいだに、しゃぶられるペニスが男の力を取り戻した。

(おお、チンポが勃った)

見なくてもわかる。力を送り込むと、そこがビクビクと脈打ったからだ。

「ふは」

口いっぱいになった剛直を解放し、ミツコがひと息つく。

「すごい。オジサンのオチンチン、こんなに硬くなったよ」

唾液でぬらつく漲り棒が、ヌルヌルとこすられる。本体が大きくなったことで、握った手が小さく感じられた。

彼女は腰を浮かせると、向きを変えて昭次郎の腹に跨がった。

「オジサン、オマンコ舐めてくれてありがと。とっても気持ちよかった」

はにかんだ笑顔が愛らしい。いやらしいことをしているのに、穢《けが》れなき天使のように映った。

「じゃ、お礼にエッチさせてあげる。あたしがするから、オジサンはこのままじっとしててね」

ミツコがそろそろと後退する。勃起がおしりに当たると腰を浮かせ、下腹にへばりついていたものを上向きにした。

「すごいね。こんなにカチカチだ。それにおっきい」

彼女がコクッとナマ唾を呑んだのがわかった。期待と不安が入り交じった顔つきである。

「こんなにおっきなオチンチン、あたしの小さいオマンコに入るかな」

などと言いながら、すぐにでも挿《い》れたそうに、先端を濡れミゾにこすりつける。そこはラブジュースでしとどになっていた。

騎乗位で結ばれるつもりだとわかった以上、昭次郎は何もできない。ただ状況を見守るのみだ。

「じゃ、するよ」

屹立に真上から重みがかけられる。丸い頭部が狭い入り口を少しずつ広げる感触があった。

「あっ、あっ」

ミツコが焦った声を洩らす。たっぷり潤っていたから、太いものがヌルリと入りそうで怖いのだろう。

それでも、ちゃんと迎え入れなければならないとわかっているのだ。表情を引き締め、思い切ったようにからだをすっと下げた。

じゅぷ――。

粘っこいものが押し出されるような音が聞こえたとき、昭次郎は熱い締めつけの中にいた。

「おおお」

のけ反って声をあげる。久しぶりに女体と交わり、感動せずにいられなかった。

(おれ、こんな若い子とハメちゃったのか)

胸に迫るのは後悔ではなく、喜びだ。男の力を取り戻し、新しく生まれ変わった気すらした。

「あん、入っちゃったよぉ」

完全に坐り込んだミツコが、泣きそうに顔を歪める。かと言って、苦痛を味わっているわけではなさそうだ。

「あ、すごい。オチンチンが――」

昭次郎が分身を脈打たせると、彼女の表情に陶酔が広がった。迎え入れたものを、キュッキュッと締めつけてくれる。

「こ、このオチンチン、すっごくいいい」

息をはずませ、腰を遠慮がちに前後させた。

ぬちゃッ――。

交わるところから、卑猥な水音がこぼれる。多量の蜜汁が摩擦を軽減し、問題なく動けそうな感じだ。

「くぅん、キモチいい」

仔犬みたいに啼《な》いたミツコが、腰振りを続ける。前後から回転に、そして、昭次郎の腹に手を突くと、尻を忙しく上げ下げした。

「んっ、ハッ、あ――」

切れ切れの声を洩らし、蜜穴で剛棒をしごきあげる。

「おっ、おぅ、むぅぅ」

この上ない歓喜に、昭次郎も喘いだ。繋がっているのは性器だけなのに、全身が彼女の中に入り込んでいるみたいだ。

「あ、やん、すぐイッちゃいそう」

その言葉が嘘ではなさそうに、ミツコの表情が甘く蕩けている。一方的に快感を与えられるのは、男としてだらしない気がして、昭次郎は真下から腰を突きあげた。

「きゃんッ！」

鋭い嬌声がほとばしる。深いところを突かれた彼女が、総身を震わせた。

「そ、それダメ。感じすぎちゃう」

だったら、もっと感じさせたい。昭次郎はロデオマシンさながらに、若い女体を腰の上で跳ね躍らせた。

「あっ、あっ、ダメっ、ダメッ、ホントにイッちゃうからぁ」

よがり泣くのもかまわず攻め続ければ、ミツコが上半身を大きく揺らしだした。

「イクイクイク、あ、あひっ、イクぅううっ！」

若い裸身がぎゅんと強ばる。内腿で牡腰を強く挟み込み、「う、うっ」と呻いた。

(ミツコちゃん、イッたんだ)

女の歓びを与えられた満足感が、昭次郎にさらなるやる気をもたらす。少し休んでから、突きあげピストンを再開させた。

「ああああっ、ダメダメ、い、イッたばかりなのぉ」

オルガスムスの余韻にひたっていたミツコが、続けざまの攻めに身悶える。下降しかけた性感曲線が上昇に転じ、さらなる高みへと導いたよう。

「イヤイヤ、またイクぅ」

時間をかけることなく昇りつめると、今度は休みを取らずに責め苛《さいな》んだ。ヌルヌルどころかぬちゃぬちゃの女芯を硬筒で貫く。

「ダメッ、ダメッ、イッてるの、ヘンになる。死んじゃう」

悩乱の声を放ち、半開きの口からよだれを垂らす若い娘。強烈な愉悦に巻かれ、目も半白眼であった。

「いぐいぐ、いぐぅううっ！」

絶頂の声は、もはやケモノのそれだ。

疲れも知らず、調子に乗ってミツコを攻めていた昭次郎は、自身が高い位置まで上昇していたことに気づかなかった。

(あ、まずい)

悟ったときには、射精へのカウントダウンが始まっていた。

「ミツコちゃん、どいて。おれ、出ちゃうから」

声をかけると、彼女は頭を横に振った。

「い、いいの……オマンコの中にちょうだい」

その言葉が引き金となり、爆発を呼び込んだ。

「おおっ、い、いく」

腰をぎくしゃくと跳ねあげれば、またもミツコが頂上に至る。

「いいいい、い、いぐぅううう」

野太いアクメ声を耳にしながら、昭次郎は随喜のエキスを噴きあげた。ずっと年下の娘の体奥に。

「くふぅううーん」

鼻にかかった喘ぎをこぼし、彼女はがっくりと倒れ込んだ。ザーメンをドクドクと放つ男に抱きついて、唇を奪う。

「むふふぅ」

甘い吐息にうっとりしながら、昭次郎は最後の雫《しずく》をトクンと溢れさせた――。


翌朝、目を覚ましたときには、寝床にミツコの姿はなかった。

(もう出ていったのか……)

荒淫明けの疲労にまみれたからだに鞭《むち》打ち、這いつくばって茶の間に移動すると、畳の上に紙が一枚あった。

ミツコの置き手紙であった。

【オジサンへ

泊めてくれてありがとう。

オジサンとのエッチ、すっごくキモチよかったよ。

いつか会うことがあったら、またしようね。

元気でね。バイバイ。

ミツコ】

短くてあっさりした文面にもかかわらず、昭次郎は胸が熱くなった。堪えようもなく、涙までこぼれる。

(おれのほうこそありがとう、ミツコちゃん……)

昨晩のことは、きっと一生忘れないだろう。

どうにか立ちあがって腰をのばす。茶箪笥の遺影が目に入るなり、昭次郎はドキッとした。亡き妻が、なんだか笑っているように見えたのだ。

(ひょっとして、お前があの子に乗り移って、会いに来てくれたのか?)

あり得ないことを考えて、そんな馬鹿なと自嘲の笑みをこぼす。けれど、あの子に力を与えられたのは確かなのだ。

もうちょっと頑張ってみるよと、遺影に語りかける。人生は、まだまだ捨てたものじゃない。つらいことだけじゃなく、いいことだってきっとあるだろう。

（嘱託の件、受けることにしよう）

まだまだやれるさと自身に発破《はっぱ》をかけ、昭次郎は洗面台に向かった。

5

月曜日――。

黒く染めた髪を金髪に戻し、ミツコ――瑠奈は、朝早くから開発部のフロアで昭次郎を待った。ちゃんと元気になったのか心配だったのだ。

（ちょっとヤリすぎちゃったけど、腰とか痛めてないよね？）

正直、還暦前の彼にあそこまでハッスルされるとは、予想外であった。こっちがサービスしてイカせてあげるつもりが、逆に意識を失いかけるまで何度も絶頂させられたのだから。

もっとも、あの時点で元気を取り戻していたから、もう心配ないと思うのだが。

（あ、来た）

まだ始業三十分前なのに、昭次郎が現れた。エレベータを降りた彼の表情は明るく、血色もいい。先週とは大違いだ。

（よかった……）

瑠奈はホッとした。これならきっと、嘱託も引き受けてくれるに違いない。

給湯室の陰から様子を窺っていた瑠奈は、そこから出て昭次郎のほうに向かった。

ミツコが自分だとは、顔を合わせたって彼にはわかるまい。金髪にピアス、メイクもネイルも盛っている今の姿に、あの地味な女の子の面影はないはずだ。

ミツコに扮したとき、瑠奈はすっぴんだったわけではない。ファンデーションやコンシーラーでピアスの穴を隠していたし、亡くなった奥さんに似せるべくメイクをしていたのである。

だからこそ、昭次郎は拒むことなく、受け容れてくれたのではないか。

彼との距離が近づくと、さすがにドキドキする。それでも勇気を出して満点の笑顔を作り、

「おはようございます」

と挨拶した。

「ああ――お、おはよう」

見知らぬ女子社員に挨拶をされ、昭次郎は戸惑った様子であった。怪訝そうに首も

かしげたから、あるいは何か気づいたかもしれない。

瑠奈は大股ですたすたと歩き、ちょうどやって来たエレベータに乗り込んだ。

回れ右をして廊下を見ると、彼が立ち止まってこちらを見ている。《違うよな》という面持ちで首を捻ったから、瑠奈は無言で会釈をした。

扉が閉まり、エレベータが動き出す。途端に、秘部がじゅわっと潤うのを感じた。

（やん、また……）

ひとり眉をひそめる。おりものシートを装着していて正解だった。

この休日は、数え切れないぐらいオナニーをした。昭次郎とのセックスを思い返したらムラムラして、せずにはいられなかったのだ。

ミツコの設定ではないが、あいにく彼氏とは別れたばかり。欲望を鎮めてくれるのは自分の指と、あとは大人のオモチャのみだ。お気に入りの電マやディルドーで何度昇りつめても、心までは満たされなかった。

（またミツコに変身して、松谷さんに会いに行こうかな）

あるいは加奈井瑠奈として、彼と仲良くなってもいい。おそらく、若い子でも抵抗なく抱いてくれるだろうから。

もっとも、ギャルでもＯＫかどうかはわからない。まずは密かに彼の好みを探ってみよう。

（あ、でも、エッチしたら、あたしがミツコだってバレるかも）

反応やよがり声で悟られる可能性がある。

まあ、そのときはそのときだ。とにかく、あのオチンチンと強烈なピストンが忘れられない。絶対にハメてもらわなくては。

これからのことを考えてウキウキし、瑠奈は頰を緩めた。


同時刻、芝電ビルの最上階。

ここは社長や重役たちの部屋、それから秘書課のオフィスがあるフロアなので、まだ誰も来ていない。重役たちは文字通りに重役出勤だし、秘書課の面々もそれに合わせて出社するから、しばらくは無人だ。

とは言え、始業前にはオフィスに戻らねばならない。

「い、いいんですか？　こんなところで」

不安な面持ちを隠せないのは町田拓人。営業部のホープである。

彼がいるのは女子トイレの個室だ。広くて清潔だし、恥ずかしい音が聞かれないよう防音にもなっている。よって、イケナイ行為には最適と言える。

そして、そこにはもうひとりいた。

「会社でしたいって言ったのは町田君でしょ」

拓人の前に跪《ひざまず》き、彼の股間にそそり立つものをしなやかな手つきでしごくのは、さつきである。

最初に任務で関係を持って以来、ふたりは何度かセックスをしている。だが、さつきは人妻だし、正規の仕事以外の任務もあるから、自由になる時間は限られている。拓人のほうも実力が認められて忙しくなり、なかなか機会を作れなかった。

だったら、会社の中でできないかと、彼が提案したのだ。

「ここなら始業前に誰かが来ることはないし、仮に来たとしても、静かにしてやり過ごせばバレることはないわ」

「それはそうでしょうけど。でも、ここって社長も使うんですよね」

見つかったら一発でクビだと恐れているようだ。

さつきは懇意にしているし、むしろ真梨なら大目に見てくれるから、まったく心配していない。だが、新人の拓人にとって、社長は雲の上の、畏れ多いだけの存在である。いっそ神にも等しい。

そのせいか、ペニスも半勃ちで元気がない。カウパー腺液ばかりが滴って、さつきの指を濡らしていた。

「しょうがないわね」

さつきは若い秘茎を口に入れ、唾液を溜めた中で泳がせた。舌でピチャピチャと弄びながら。

「あ、ああ」

見つかったまずいと恐れていたくせに、拓人がだらしのない声をあげる。そういう未熟なところに、母性がくすぐられたのは否めない。

そのため、任務でもないのに、求められてからだを許したのである。まあ、硬くて元気なペニスとの交わりが、忘れ難かったのは確かだが。

今もフェラチオで悦びを与えながら、さつきは秘部を濡らしていた。クロッチに染み込むものを感じ、おりものシートを着けておけばよかったと後悔する。

(あとでパンティを穿き替えなくっちゃ)

こういうことを想定してではないが、替えの下着は常に用意している。急な任務で必要になるかもしれないというのも理由のひとつだ。

いやします課のことは、拓人は知らない。あの日は同じ会社の人間とは知らず、偶然会ったことになっていた。

だが、そのうち対象者が増えて、女子社員を癒やす必要が出てくるかもしれない。そうなったら、メンバーに男が必要になる。

そのときのために、拓人を手なずけているところもあった。

若くてがむしゃらだから、きっと役に立ってくれるだろう。何よりも年上好きだし、たとえば夫とのセックスレスで満たされない人妻社員たちを、肉体的にも精神的にも満足させるのではないか。

実際、さつきも彼に癒やされていた。

しかしながら、会社内での行為は無理らしい。どれだけしゃぶっても、拓人は完全にエレクトしなかった。

「やっぱり無理みたいね」

唾液まみれの秘茎から口をはずすと、彼が「すみません」と謝る。ペニスもうな垂れ、先っちょにガマン汁の涙を滲ませていた。

「じゃあ、せめてわたしを満足させてくれる？」

スカートをたくし上げ、ベージュのパンストが包む下半身をあらわにする。藍色《あい》のパンティごと剝きおろし、たわわなナマ尻を年下の男に差し出した。

「オマンコ舐めて」

淫らな要請に、拓人はすぐさま従った。真後ろに膝をつき、蒸れた女芯にためらいもなく顔を埋める。

「ああん」

さつきは壁に両手を突き、歓喜に身を震わせた。

(この子ってば、ホントにクンニがじょうずだわ)

最初のときも、危うくイカされそうになったのだ。まだ童貞だったのに。こういうのを、天賦《てんぷ》の才能と呼ぶのだろうか。

ピチャピチャ……。

舌づかいが中枢神経を伝って脳に届く。下半身が甘く痺れ、立っているのも難しくなった。

「ね、ねえ、わたしのオマンコ、くさくない？」

ふと気になって訊ねる。仕事前ではあるが、入浴したのは昨夜なのだ。ひと晩経って本来の匂いが戻っただろうし、トイレにも行ったのである。無味無臭ということはあるまい。

拓人の返答はなかった。クンニリングス夢中で、答える余裕がないのか。少なくとも不快な匂いがするのなら、ここまで熱心に舐めないだろう。

そう考えて安心しかけたとき、

「ヒッ」

思いも寄らないところを舐められ、尻の谷をキュッとすぼめる。舌が触れたのは肛門であった。

「ば、バカ、そこはおしり──」

単に目標を見誤ったのかと思えば、彼は秘めやかなツボミを執拗にねぶってくる。意図して狙っているのは確実だ。

(まったく、どこでこんなことを覚えたの？)

拓人にアヌスを舐められたのは、さつきは初めてだった。ネットか何かでそういう知識を得たのかと考えたが、他の可能性に思い至る。

(ひょっとして、中広さんに教えられたの？)

仕事上のパートナーである中広聖子と、彼が関係を持っていると疑い、それとなく訊ねたことがあった。すると否定せず、うろたえて言葉を濁したから、図星だったのだろう。

拓人に求められてからだを許したのは、聖子に負けられないと思った部分もある。若いペニスを介して姉妹になった今も、ライバル心はそのままだ。

アナル舐めも彼女に仕込まれたのだとすれば、こっちはそれ以上のことをしなければならない。いっそおしりでセックスさせてあげようか。

そこまで考えたとき、拓人が陰部から顔を離す。まだイッてないのにと、不満をあらわに振り返れば、

「あの……勃ちました」

立ちあがった彼の股間に、イチモツが隆々と聳《そび》え立っていた。

「まあ」

逞しい様を見せつけられるなり、子宮が疼く。始業時間が迫っているのが気になるが、肉体は悦楽を欲していた。

「だったら、オマンコに挿れて」

両手で尻肉を割り開き、恥ずかしいところを全開にして求めると、拓人がすぐに動く。前に傾けた肉の槍で、蜜割れを上下にこすった。

「あ、あ、あん」

それだけでムズムズする快さが生じ、理性が蕩かされる。一刻も早く、硬いモノで貫かれたかった。

「挿れて。早く――」

急かすと、剛棒が一気に侵入してきた。

「あはぁッ！」

場所もわきまえず、大きな声を出してしまう。だが、そうせずにいられないほど、挿入が気持ちよかったのだ。

「おお、さ、さつきさん」

彼も喘ぎ、膣内で分身を脈打たせる。振動が歓喜の波となって、体内に広がった。

「動いて……いっぱい突いてぇ」

あられもない求めに応じて、若者が肉根を出し挿れしてくれる。荒々しい抽送で、熟れたボディが悦びに蕩かされた。

「いいわ、もっとぉ」

こうなったら、絶頂しないと満足できない。

拓人の両手が豊臀を支え、硬い肉根をせわしなく出し挿れする。抉られる濡れ穴がグチュグチュと卑猥な音をこぼし、脇から溢れたラブジュースが内腿を伝った。

（パンティだけじゃなくて、パンストも取り替えなくちゃ）

そんなことをチラッと考え、さつきは与えられる快感に身をよじった。

「おぅ、おぅ、ふ、深いぃ」

最奥を突かれるたびに、快美電流が体幹を走り抜ける。会社でセックスすることで、背徳的な愉悦も高まるようだ。

「いいの、いい。オマンコ溶けちゃう」

年上の人妻を乱れさせる激しいピストンで、スパンキングのような音がパンパンと鳴り響く。それは始業のチャイムをかき消して、ふたりをいつまでも快楽に漂わせるのであった。

（了）

＊本作品はフィクションです。作品内の人名、地名、団体名等は実在のものとは関係ありません。

長編小説
淫事部《いんじぶ》ゆうわく課《か》
橘《たちばな》 真児《しんじ》

2024年11月12日　初版第一刷発行

カバーデザイン……………………………小林こうじ

発行所……………………………………株式会社竹書房
〒102-0075　東京都千代田区三番町8－1
三番町東急ビル6F
email：info@takeshobo.co.jp
https://www.takeshobo.co.jp
印刷・製本………………………中央精版印刷株式会社